KB075494

점
선
의

영
역

점 선 의 ○ 영 역

최 민 우 장 편 소 설

창비

차
례

점선의 영역

－ － － － －　　　7

작가의 말

－ － － － －　166

1

나는 예언에 대해 아무 생각이 없었다.

대부분의 사람들에게 예언이란 멀리서 소리를 지르고 있는 광인과 같다. 두렵기도 하고 흥미롭기도 하지만 가까이 가서 볼 엄두는 나지 않는. 그러다 그 광인이 실은 아는 사람이라는 걸 깨달으면 이야기가 달라진다. 누군가는 외면하고 도망친다. 난 저자를 모르고 저자가 무슨 말을 하는지도 모르겠다고 한다. 누군가는 다가가 끌어안는다. 언젠가 다시 만나게 될 날이 올 줄 알았다고 한다. 그런 상황에서 모른 척 가만히 있는 사람은 적다. 자기를 알아본 광인이 다가오는데도 가만히 있는 사람은 더 적다.

나는 맨 마지막, 소수파의 소수파였다.

그날 저녁 전까지는 그랬다.

할아버지는 전쟁고아였다. 어릴 때부터 머리가 비상하고 눈치가 빨랐으며 수완도 좋아 젊은 나이에 종로 한복판에 번듯한 귀금속 가게를 차렸다. 그 구역 조폭들과 장물 문제로 잘못 엮이지만 않았어도 여전히 번듯했을 것이다. 오해는 어찌어찌 풀렸지만 할아버지는 폭행을 당해 머리에 큰 상처를 입었고, 가게도 망했다. 겨우 챙긴 재산에 빚을 얹어 경기도 구석에 있던 상가 건물을 매입했는데, 운 좋게도 근처에 전철역이 들어서며 밝은 노후가 찾아왔다. 당신 말을 빌리자면 금수저는 못 물고 태어났지만 은수저는 건진 인생이었다. 원래 만지던 것이 귀금속이라 소일하면서 건물관리도 할 겸 작은 보석상을 건물에 차렸고, 오르는 땅값과 더 오르는 임대료와 일일드라마를 벗 삼아 노년을 보냈다.

그러나 우리 집안에 할아버지가 남긴 유산은 부동산만이 아니었다. 할아버지는 앞일을 볼 줄 알았으며, 본인이 내다본 것을 가족들에게 이야기했다.

하나같이 불길한 것만.

그 현장을 처음 본 건 초등학교 5학년 설이었다. 명절마다 스포트라이트를 받는 집이 하나씩은 나오게 마련이다. 그해는 첫째 고모네였다. 고종사촌형이 미국 컬럼비아대학에 합격했고, 공무원이었던 고모부는 지방 근무를 청산하고 승진과 함께 본청으로 복귀했다. 그럴 때 대화는 물이 가득한 욕조에서 마개를 뽑은 양 한곳으로 모여든다. 시샘 섞인 덕담이 이어졌고, 나는 얌전히 구석에 앉아 이어폰을 한쪽만 귀에 꽂은 채 워크맨으로 노래를 듣고 있었다. 그래서 생전 처음 듣는 투박한 목소리가 덕담 사이로 불쑥 끼어들었을 때, 나는 카세트테이프에 뭐가 잘못 녹음된 줄 알았다.

"달려드는 차를 피할 수는 없다."

거실이 조용해졌다. 모두 목소리가 난 방향으로 고개를 돌렸다. 조금 전까지 고모 가족을 흐뭇하게 바라보던 할아버지가 눈을 가늘게 뜨고 있었다. 멍한 표정에서 안개처럼 흐릿한 무언가가 풍겨나오는 듯했다. 나는 할아버지의 시선을 따라 눈동자를 움직였다. 직선으로 뻗어가던 상상의 점선이 입을 헤 벌린 고종사촌형의 이마에서 멈췄다.

할아버지가 계속 말했다.

"방법은 없다. 받아들여라."

그러고는 그 자세 그대로 1분 정도 깜박 잠이 들더니, 이내 정신을 차리고 고모부를 흐뭇이 바라보았다. 십여분 뒤 고모부는 급한 일이 있다며 양해를 구하고 가족과 함께 서둘러 자리를 떴다. 아무도 붙잡지 않았다.

반년 뒤 저녁식사 시간에 고모네 집이 화제에 올랐다. 아버지가 집안일 때문에 고모와 전화통화를 했는데, 고모가 용건이 끝난 다음에도 머뭇거리다가 나 실은 얘기 않으려고 했거든,이라며 운을 떼고는 고종사촌형이 미국에서 교통사고를 당했다고 털어놓더라는 것이었다.

"그때 아버지 얘기가 신경 쓰여서 애한테 아예 차를 사주질 않았는데, 친구 걸 훔쳐 탔대. 그걸 몰고 가다가 맞은 편에서 오던 트럭하고……"

아버지가 주먹으로 가볍게 손바닥을 때렸다.

"세상에, 그래서?"

어머니가 젓가락을 들어올리던 손을 허공에 멈췄다.

"살긴 했대. 애가 그때 만취했었는데 용케 안전벨트는 맸다네. 다리는 좀 절게 될 모양인데 사고현장 사진 보면 그것도 천운이다 싶나봐."

침묵이 내려앉았고, 우리는 말없이 밥을 먹었다.

일은 그런 식으로 계속되었다. 큰아버지의 과수원에는 불이 났다. 둘째 큰어머니는 투자사기를 당했다. 사촌누나는 장염으로 수능을 망쳤다. 우리 집도 예언의 소용돌이에 휘말려, 내가 중학교 2학년이었을 때 집에 도둑이 들었다. 피해는 크지 않았지만 어머니는 화장실 문을 걸어잠그고 도둑들이 사라질 때까지 벌벌 떨어야 했다. 도둑은 잡지 못했고, 우리는 얼마 뒤 이사를 갔다.

할아버지는 이걸 모두 내다봤다. 점쟁이들이 그러듯 이현령비현령 얼버무리지도 않았다. 그늘에 있다가 햇살 아래로 나온 양 눈을 가늘게 뜨고, 예언의 당사자를 보면서, 다른 해석의 여지가 별로 없는 불길한 말을 꺼냈다. 그런 다음 깜박 의식을 잃었다 깨어나서는 당신이 했던 말은 까맣게 잊어버린 채 조금 전까지 하던 언행을 태연히 이어갔다.

이 문제로 수차례 비밀회의가 열렸다. 온갖 제안이 나왔다. MRI, CT, 정신과 상담, 알츠하이머 검사, 기도, 굿 (이건 작은아버지네가 벌써 해본 모양이었다), 누구 제안인지는 몰라도 강령술까지. 하지만 뭐가 채택되건 고양이 목에

방울을 달 사람이 없었다. 재산은 할아버지가 틀어쥐고 있었고, 당신은 예언의 순간을 제외하면 사리분별도 밝고 판단력도 기민했다. 할아버지의 자식들은 부친 앞에서 봉제인형만큼이나 고분고분했다.

무엇보다, 대체 당신에게 그걸 어떻게 설명할 것인가?

결국 모두 견뎌보기로 했다. 호텔 중식당에서 게살스프를 먹으며 그렇게 뜻을 모았다. 인생에 나쁜 일만 벌어지는 건 아니니까.

이런 일들을 지켜보며 성장하는 동안, 내 마음에는 긍정이라 말하기도 체념이라 부르기도 어려운, 하지만 연필을 쥐는 손가락에 자라난 굳은살처럼 단단한 관점이 자리를 잡았다. 한번이라면 불길한 우연이라고 치부할 수 있다. 두번이면 무서워할 수 있다. 하지만 몇번씩 되풀이된다면 마음은 운명론을 따르게 된다. 벌어질 일이 어떻든 벌어지게 되어 있다면 할아버지의 말대로 **방법은 없으니 받아들일 수밖에 없다.** 신경을 쓰지 않는 편이 더 낫다. 오지 않을 미래를 걱정할 필요가 없듯 오기로 되어 있는 미래를 근심해봤자 소용이 없다. 할아버지를 원망하거나 멀리하지도 않았다. 당신 역시 자신도 모르는 무언가를 전달하는 사람일 뿐이었을 테니.

그런 이유로, 나는 그해 겨울 할아버지의 예언을 듣고 나서도 별다른 동요 없이 지낼 수 있었다.

대학 합격 발표가 나고 이틀 뒤, 할아버지에게 인사하고 오라면서 어머니가 보자기에 싼 유과상자를 건넸다.

"이런 건 이제 네가 먼저 챙겨야 하는 거야."

나는 상자를 들고 전철을 탔다. 잎이 떨어진 앙상한 나뭇가지에 밤사이 핀 눈꽃이 차창 오른쪽에서 왼쪽으로 덜 컹덜컹 지나갔다.

역에서 내려 길을 건너고 골목을 돌아 10여분쯤 걷자 낡지만 튼튼한 5층짜리 상가건물이 나타났다. 나는 건물에 입주한 편의점에서 사이다와 녹차를 샀다. 할아버지의 보석상은 1층으로, 작은 간판 아래 '금은 고가 매입'이라고 적힌 빛바랜 플래카드가 걸려 있었다.

문을 열자 건조하고 후끈한 공기가 얼굴을 덮었다. 회색 모직 양복을 입고 소형 텔레비전 앞에 앉아 있던 할아버지가 고개를 돌려 나를 보고는 당신 얼굴의 주름을 다 쓰며 웃었다.

"다 끝났다. 조금만 기다려."

나는 유리로 된 진열대에 유과상자를 놓고 할아버지와 드라마를 보았다. 방송시간으로 짐작건대 재방송이었다. 화면 안에서는 며느리와 시어머니가 디엔에이검사 결과지를 사이에 놓고 마주 앉아 있었다. 결과지에 따르면 두 사람의 디엔에이는 99.8퍼센트 일치했다. 둘이 어찌할 바를 모르고 있는데 일찍 퇴근한 남편이 치킨을 사들고 돌아왔다. 상표가 화면에 잘 잡히는 위치에 치킨상자를 내려놓은 남편이 아내가 뭔가를 깔고 앉았다는 사실을 알아차렸다. 남편이 그게 뭐냐고 묻자 며느리의 눈이 병뚜껑처럼 동그래지며 화면이 멈췄고, 주제가가 나오며 크레딧이 올라왔다.

"며느리랑 시어머니가 모녀 사이야."

할아버지가 말했다.

"진짜요? 그게 뭐야."

"그 맛에 보는 거다."

할아버지가 상자를 보았다.

"이건 뭐냐?"

"선물이요."

"오호라."

우리는 진열대를 사이에 두고 유과를 먹었다. 유리 아래에서 금으로 된 거북이와 열쇠, 목걸이, 보석이라기보다는 뭘로 자랄지 알 수 없는 식물의 씨앗처럼 보이는 색색의 돌덩이들이 박힌 금반지가 반짝였다.

"하나 줄까? 입학 기념 선물로?"

할아버지가 사람 좋게 말했다.

"됐어요."

"여자친구랑 커플반지 하나 하지? 요거 예쁜데?"

"그런 사람 없거든요."

"무슨 공부를 그렇게 열심히 했냐. 여자도 안 사귀고."

"안 사귀는 게 아니라 못……"

나는 말을 멈췄다. 괜찮은 아이디어가 떠올랐다. 일단 금을 받아서 보관했다가 나중에 녹여서 커플링을 만들면 되지 않을까? 재물부터 확보해두면 훗날 쓸모가 있을 것이다. 그렇게 머리를 굴리며 거북이가 좋을까 열쇠를 달랑까 고민하는데, 순간 머리 위로 칼날이 지나가기라도 한 듯 오싹해지면서 목뒤의 잔털이 곤두섰다.

그 낯선 목소리가 들렸던 것이다.

"만나서는 안 될 사람을 만날 거다."

나는 고개를 들었다. 할아버지가 눈을 가늘게 뜨고 나를 보고 있었다. 입에 물고 있던 유과는 진열대 위에 떨어져 있었다.

나는 꼼짝도 할 수 없었다.

내 눈이 빛에 끌리는 나방처럼 할아버지의 머리로 향했다. 왼쪽 윗머리에 난, 밭고랑 모양의 길쭉한 상처로. 평상시 숱 많은 머리카락에 덮여 언뜻 보면 있는 줄도 모르던 상처가 지금은 전력질주를 마친 단거리 선수의 뺨처럼 불그스름하게 흥분해 있었다.

할아버지가 계속 말했다.

"소중한 걸 잃게 된다. 힘들 거다. 용기를 잃지 마라. 도망치면 안 돼."

말을 마친 할아버지가 깜박 잠이 들었다. 나는 할아버지가 넘어지지 않도록 부축하면서 내 이마에 맺힌 식은땀을 닦았다. 잠시 뒤 할아버지의 정신이 돌아오자 나는 얼른 손을 뗐다. 할아버지가 어리둥절한 표정으로 떨어진 유과를 집어 입에 넣었다.

그 일이 있고 나서 얼마 뒤, 꽃샘추위가 맹위를 떨치던

3월의 어느 아침, 할아버지는 보석상으로 출근하다가 살얼음이 낀 길에서 미끄러져 뇌진탕을 일으켰고, 끝내 의식을 회복하지 못했다. 가족 모두가 슬퍼했고, 동시에 드러나지 않을 만큼 신중히 안도했다.

그래서 내가 아는 한 할아버지의 마지막 예언을 들은 사람은 나였다. 나는 평소의 가치관에 따라 그 예언을 의연히 받아넘겼다. 살면서 마주치는 잘못된 인연은 한둘이 아니고, 힘들다고 무작정 도망칠 수는 없는 노릇이며, 만사는 당연히 내 하기 나름이니까.

그날 저녁 전까지는 그랬다.

이제 나는 예언이 두렵다. 무척 두렵다. 나는 만나서는 안 될 사람을 만났고, 이제 소중한 걸 잃어버리게 될 것이다. 그렇다면 용기를 잃지 말고, 도망치지 말아야 한다. 하지만 나를 바라보는 서진의 얼굴을 마주하면, 과연 내가 그럴 수 있을지 자신이 없다.

예언이 이런 것인 줄은 몰랐다.

2

대학 시절은 써커스 같았다.

재수를 포기하고 수도권 사립대학 인문학부에 입학했다. 할아버지의 유산이 아버지의 사업실패를 아슬아슬하게 상쇄했기 때문에 여유를 부릴 수가 없었다. 나는 학교를 다니는 내내 장학금과 학자금 대출금과 아르바이트 시급을 저글링 하듯 굴리면서 학점이라는 외발자전거를 타고 지그재그로 나아갔다. 친구들은 편입, 재수, 군대, 공무원시험, 다단계에 휩쓸려 떠내려갔고, 두번의 연애 모두 발목을 삔 발레리노처럼 비틀거리다 쓸쓸하게 끝났다.

마지막으로, 취업에 열한번 실패했다.

서류에서 다섯번 잘렸다. 필기에서 세번 걸려넘어졌고, 면접까지는 두번 갔다. 한번은 낙하산도 타봤다. 둘째큰아버지 친구의 소개로 베어링을 제조하는 견실한 중소기업 사장을 만났는데, 중간에 말이 어떻게 꼬인 건지는 몰라도 사장은 나를 온갖 유흥에 도가 튼 접대의 달인으로 착각하고 있었다.

상암동에 위치한 열두번째 회사로 면접을 보러 가던 당시 내 처지는 그랬다.

구직 싸이트에 올라온 설명에 따르면 그 회사는 데이터의 가공, 판매, 활용을 전문으로 하는 기업으로, 사측에서 직접 밝힌 것 외에 따로 구할 수 있는 정보가 많지 않았다. 취업까페에 이 회사에 대해 아는 사람이 있느냐는 질문을 올리자 댓글이 딱 하나 달렸다. '잘 모르겠지만 우리 모두 힘내자고요!'

고민 끝에 힘을 내기로 했다. IT업계와 내 전공을 연결 짓기란 자기 배꼽에 혀를 갖다대기보다도 어려웠고, 내가 갖춘 그 분야의 자질은 시사상식사전에서 얻은 한두줄짜리 지식 뭉텅이와 MOUS 자격증이 전부였지만, 채용업무가 **고객지원**이고 지원조건에 '경력/나이/전공 불문'이라 명시된 점이 용기를 북돋았다. 그만큼 절박했던 것도 사실이었다. 열한번을 잇따라 실패하면 폐업한 식당에서 인부들이 끌어낸 먼지투성이 테이블에도 인생을 겹쳐 보게 된다. 테이블이 아니라 먼지에.

그런 상황은 벗어나고 싶었다. 나는 지원서를 작성해서 메일로 보냈다. 이틀 뒤 면접 장소와 날짜가 적힌 답장이 왔다.

면접장은 회사 회의실이었다. 긴 테이블에 면접관이 남녀 각각 두명씩 앉아 있었고, 지원자는 나를 포함해 일곱명이었다.

면접이 진행되는 동안 내 얄팍한 희망은 촛불을 갖다 댄 플라스틱 막대처럼 꺾이고 녹아내렸다. 일곱명 중 다섯이 IT기업 경력이 있었고, 한명은 자기가 쓴 책까지 들고 왔다. 정보화사회와 4차산업에 대해 급히 외운 하나 마나 한 소리를 주워섬기는 동안 내 목소리는 잉크가 떨어지듯 옅어졌다. 면접관들은 불 꺼진 가로등처럼 무표정하게 내 말을 경청했다. 내가 자리에 앉자 다음 면접자가 자기 책을 면접관들이 잘 볼 수 있게 들고 일어나 통계물리학을 기반으로 한 고객지원 전략에 대해 열변을 토했다.

빨간 재킷을 입고 테이블 중앙에 앉아 있던 여성 면접관이 마지막으로 하고픈 말이 있으면 해달라고 했을 때,

나는 오늘 한강물 온도가 뛰어들어도 괜찮을 만큼 따뜻한지 생각중이었다. 좌절의 맛, 녹슨 쇠처럼 떫고 쓴 맛이 입에 고였다. 내 차례가 오자 나는 될 대로 되라는 심정으로 입을 열었다.

"제 할아버지는 앞날을 볼 줄 아셨습니다."

나는 그게 통찰력이 있다는 등의 비유가 아니라 문자 그대로의 뜻이라고 설명한 다음, 아마 앞날을 보는 할아버지를 둔 것만큼 이상한 일을 겪은 사람이 이 자리에 있을 것 같지는 않다고 말했다(면접자 중 누군가 소리 죽여 키득거렸지만 개의치 않았다). 일어날 일은 일어날 수밖에 없다는 깨달음이 나를 운명 앞에 겸허한 사람으로 만든 것 같기는 하지만, 그럼에도 오늘 이 자리마저 겸허하게 받아들이기에는 내가 부족한 점이 다소 있다는 점을 인정할 수밖에 없고, 그 점은 어쩔 수 없이 조금 분하다고, 다음 기회가 주어진다면 더 철저히 준비해서 이 회사를 내 운명으로 만들겠노라 말했다. 그렇게 이야기를 마치고 자리에 앉았을 때, 나는 내가 정말로 분한 마음을 품고 있다는 사실을 깨닫고 조금 당황했다.

빨간 재킷의 면접관이 나를 빤히 보다가 수고했다고 말

했다.

합격 통지 메일이 온 건 이틀 뒤였다. 기쁨 반 얼떨떨한 마음 반으로 지인들과 축하인사를 주고받던 중 취업까페에 뭐라도 한마디 적으려고 들어갔는데, 전에 썼던 문의 글에 댓글이 하나 더 달려 있었다. 날짜를 확인해보니 면접 당일 새벽에 달린 것으로, 게시자만 확인할 수 있는 비밀댓글이었다.

'괜찮은 곳입니다. 사람을 자주 안 뽑긴 하지만…… 계약 때문에 자세한 건 말하기 어렵네요. 행운을 빕니다.'

*

"나는 타임머신이나 웜홀을 타고 과거로 떨어지면 하루도 못 버틸 거야."

서진이 커피를 한모금 마시고 말했다.

나는 이게 갑자기 무슨 말인가 어리둥절해하다가 서진이 오전에 읽은 만화 이야기를 하고 있다는 사실을 깨달았다. 제목은 못 봤다. 그녀 옆자리에서 내가 읽은 건 취미로 히어로를 한다고 주장하는 대머리 히어로가 등장하는 만화였다. 그 히어로는 아무리 강한 괴인이라도 펀치 한 방으로 날려버리는데, 그래서인지 늘 따분한 표정으로 돌아다녔다.

"설마 하루는 버틸 수 있지 않을까."

"무리야. 의사나 변호사 같은 전문직이 아닌 이상."

"의사는 알 것 같은데 변호사는 왜?"

"말을 잘할 테니까."

"그런 식이면 홈쇼핑 호스트가 더 유리하겠지."

"아무튼 나는 셋 다 아냐."

"그러지 말고 문명인의 위력을 발휘해봐."

"문명이 있어야 위력을 발휘하지."

"스마트폰 챙겨 가."

"배터리 닳으면 어쩌게? 충전이 가능해야 문명이야. 와이파이도 빵빵 터지고, 겨울에 반팔 입고 까페에 앉아 있을 수 있고, 깨끗한 물이 나오는 게 문명이고. 상하수도가 얼마나 중요한지 모르지? 20세기에 들어서면서 오염된 물을 안 마시게 된 것만으로도 평균수명이 엄청나게 늘었어. 콜레라 같은 수인성 전염병이 사라졌거든."

"그 얘기 재미있다. 그걸로 뭐 하나 기획해서 면접 때

말해보면 어때? 과거에 떨어진 홈쇼핑 호스트가 상하수도를 개선해서 전염병을 막는 거야."

"일단 아이디어가 제법 진부하고요."

"너무하네."

"한다 해도 면접에서 그런 거 대답할 수 있는 질문이 나올까 모르겠네요."

"그럼 뭘 물어보는데?"

"체력은 좋냐, 하루 안에 보도자료 스무개 만들라면 할 수 있겠냐, 그런 거. 지난번 면접 얘기 내가 하지 않았어?"

"지난번 언제?"

"내가 시원하게 말아먹었다고 한 거 있잖아."

"김밥처럼 말이지."

나는 손으로 둘둘 마는 동작을 해 보였다.

"죽는다."

"아무튼, 경험 쌓을 생각이면 들어오고 돈 필요하면 딴데 알아보라던 거기?"

"내가 써 간 기획서는 쳐다보지도 않고 말이지. 분위기가 보통 그래. 말은 창의적인 인재를 원한다는데. 정말 창의적으로 살고 싶으면 그냥 혼자 작가 하세요. 그런 느낌?"

서진이 어깨를 으쓱했다.

"상관없어. 나를 못 알아본 건 그쪽 실수니까."

"좋은 자세입니다."

"그렇지?"

서진이 싱긋 웃었다. 입술에 필기체처럼 매끄러운 곡선이 그려졌다.

간만의 데이트였다. 새로운 프로젝트에 착수하기 전 연차를 냈다. 아침 일찍 만나 오전 내내 만화방에 틀어박혀 짜장면으로 점심까지 해결했다. 오후에 만화방을 나와서 잠시 걷다가 가장 먼저 눈에 띈 까페로 들어왔다. 나는 맥주를, 서진은 커피를 주문했다.

서진이 창밖을 보았다. 주차된 차들 위로 전날 내린 눈이 초밥에 얹은 회처럼 반듯이 쌓여 있었다. 나는 그녀의 옆얼굴을 물끄러미 바라보았다. 포니테일을 한 동그란 두상, 이마에서 일직선으로 떨어져 코에서 살짝 솟아오르는 부드러운 곡선. 조금 치켜 올라간 아몬드 모양 눈 한가운데 흑갈색 눈동자가 닻처럼 중심을 잡고 있었고, 그 위에 가끔 안경이 걸쳐지면 만화에서 똘똘한 인물을 표현할 때처럼 안경 테두리에서 반짝 빛이 나는 듯했다.

서진을 처음 만난 건 업무협약 문제로 대중문화산업 지원을 주관하는 어느 공기업을 방문한 자리에서였다. 그녀는 담당과장을 보좌하는 계약직 인턴이었고, 협약조건에 대한 논의를 끝내고 점심을 먹을 때도 따라와 사람들을 챙겼다. 그런 자리가 두세번 더 이어졌다. 협약이 체결된 날 저녁 조촐한 회식이 열렸는데, 그때는 그녀 옆에 앉아 이런저런 이야기를 길게 나눴다.

며칠이 지나도 그 회식자리의 대화가 기억에 남았다. 대화 내용보다는 대화를 나눴다는 사실 자체와 그녀의 조금 허스키한 목소리, 나를 향해 반짝이던 흑갈색 눈동자가 자꾸 떠올랐다. 명함에 적힌 서진의 개인 휴대폰 번호로 전화를 걸면서 이 통화를 어떻게 업무의 연장으로 포장을 하나 궁리를 했지만 그녀가 전화를 받을 때까지도 뾰족한 구실이 떠오르지 않았다.

"저 그만뒀는데요. 무슨 일로?"

내가 어안이 벙벙해 있는데 그녀가 설명했다. 정부시책 때문에 본사가 지방으로 이전하게 됐는데, 무선노트에 세로로 줄을 쫙 그은 다음 오른쪽에 장점, 왼쪽에 단점을 정리해보니 단점이 장점보다 두배쯤 많더라는 것이었다.

"아니, 아무리 그래도 왜? 이제 어쩌려고요?"

열한번의 취업 실패를 겪은 내 입에서 절규에 가까운 외침이 저도 모르게 튀어나왔다.

"생각중이에요. 뭐든 하겠죠."

"그거 나랑 같이 생각해볼래요?"

이번엔 저도 모르게 나온 소리가 아니었다. 말을 끝낸 순간 심장이 줄 끊어진 꼭두각시처럼 풀썩 떨어지더니 고무공처럼 통통 튀었다.

서진이 웃음을 터뜨렸다.

저녁식사 약속을 잡고 만난 자리에서 들어보니 지방 이전과 무선노트 사이에 사정이 있었다. 정규직 전환을 약속받았는데("구두로 받은 약속이긴 하지만요") 알고 보니 그녀가 들어갈 자리에 내정자가 있었던 것이다. 지방까지 따라가더라도 한두달 더 일하고 말 처지였다. 얘기가 다르지 않느냐고 용감히 따졌지만 깨끗이 묵살당했고, 회사에서는 남은 기간의 임금을 정산하고 약간의 보너스를 얹어줄 테니 이쯤에서 정리하자고 종용했다.

"더 시끄럽게 굴어야 하나 생각하다가 줄을 그어본 거예요."

판단이 잘 서지 않을 경우 그렇게 문제를 생각하면 답이 보일 때가 있다고 했다.

세번째로 데이트를 했을 때 서진의 방으로 갔다. 그녀는 자기가 졸업한 대학 근처의 원룸에 살았다. 방은 가격에 비해 넓고 깨끗했다. 그뒤의 일은 애초에 그랬어야 할 것처럼 자연스럽게 흘러갔다. 옷을 벗자 맨살에 오소소 소름이 돋았다. 서진은 벽이 얇은 편이라고 했고, 그래서 우리는 처음에는 소리를 내지 않으려고 조심했지만, 나중에는 둘 다 그 사실을 잊어버렸다. 나는 그녀의 몸 위에서 따뜻한 물에 몸을 담근 것 같은 기분에 휩싸인 채 가쁜 숨을 몰아쉬었고, 새벽에 그녀의 방을 나오면서 이제부터 무언가 중요한 것이 시작되리라는 예감에 사로잡혔다.

그게 작년 늦가을의 일이었다. 때로 서로의 의중이 미묘하게 엇갈리기도 하고, 주고받는 말과 행동의 진의를 탐지하고 조율하느라 곤란을 겪기도 했지만, 우리는 존재하지 않는 땅의 지도를 그리듯, 더께가 앉아 있던 그림을 복원하듯 상대에 대해 조금씩 알아갔다.

관계는 순조로웠지만 취직은 골칫거리였다. 퇴근길에 먹을 걸 사들고 서진의 방에 들르면 그녀는 무릎을 세운 채 펜을 입에 물고 노트북 앞에서 자기소개서를 쓰다가 반가운 표정으로 얼른 먹을 것부터 챙겼다. 가끔은 자기가 쓴 걸 읽어봐달라고 부탁하기도 했다. 예전에 아이돌 팬픽으로 이름을 떨쳤던 자랑이 허언이 아니었던 듯 활기차고 재미있는 글이었다. 어차피 자기소개서라는 것은 소설의 한 장르이므로 소설처럼 읽고 평가해도 좋은 것이다. 그러나 그 활기가 취업의 벽을 넘지는 못해서 지금까지 문화산업 관련 기업에 서너번 면접을 보았지만 결과는 좋지 않았고, 짐작건대 내게 말하지 않고 본 면접도 분명 있는 듯했다.

그러니 모레 어느 회사의 면접을 보는지 알려주지 않는 것도 이해가 갔다.

나는 맥주를 한모금 마셨다. 쌀쌀한 늦겨울 평일 오후에 따뜻한 까페 안에서 시원한 맥주를 마실 수 있는 것 역시 문명이다. 까페에는 나긋나긋한 어쿠스틱 음악이 흘렀고, 우리는 잠시 말없이 각자의 스마트폰을 확인했다.

"파울에 대한 다큐멘터리를 제작한대."

서진이 액정을 손끝으로 문지르며 말했다.

"그게 누구야."

"누구,가 아니라 그거야. 문어. 월드컵 때 승리팀을 맞힌 문어. 대전국들 국기가 그려진 상자에 홍합을 넣으면 승리팀 쪽 홍합을 집어먹었대."

"아."

"파울 말고도 예언 능력이 있는 두족류 전반을 다루나 봐."

"그런 건 별로 관심이 없어서."

나는 무심히 대답했다. 나는 서진에게 할아버지 얘기를 한 적이 없었다. 할 이유도 없었고, 앞으로도 할 생각이 없었다.

"나도 집에 그런 문어 하나 키우면 좋겠다. 그럼 면접에 붙을지 아닐지도 알 수 있을 텐데. 미리 결과를 알면 대비도 할 수 있을 테고."

"그게……"

그런 문제가 전혀 아니야. 나는 맥주와 함께 그 말을 삼켰다.

"응?"

"그럴 수도 있겠네. 면접 끝나면 전화해. 저녁 먹자."

"그래."

"잘하고."

"당연하지."

면접 당일에는 연락이 오지 않았다. 전화를 걸어볼까 하다가 참았다. 다음 날 오전에 메신저 프로그램으로 메시지를 몇번 보냈지만 서진은 늦은 오후가 되도록 내가 보낸 메시지를 확인하지 않았고, 확인한 뒤에도 답장은 없었다. 혹시나 싶어 그녀가 사용하는 쏘셜미디어 계정도 둘러보았지만 업데이트가 된 건 없었다. 공기업 업무 때문에 만들어둔 트위터와 페이스북 페이지는 퇴사 이후 버려져 있었고, 인스타그램 계정은 원래 없었다.

종일 긴장감을 느꼈다. 결과가 좋지 않아서 연락이 없는 것이리라 짐작은 했지만 아무 말이 없을 정도면 타격이 꽤 큰 모양이었다. 아예 모르는 척 전화를 걸어봐야 했던 걸까? 서른하나와 스물다섯의 연애란 어떤 면에서는 조심스러울 수밖에 없지만, 그러다보면 배려와 무관심을 혼동하기도 쉬웠다.

서진에게서 전화가 온 건 퇴근 한시간 전이었다.

"오늘 바빠? 야근해?"

당연히 해야 했다. 하지만 언제나 방법은 있다. 내 정시 퇴근을 위해 아직 다치거나 죽지 않은 일가친척과 친구들이 남아 있었다.

"칼퇴근이죠, 마님."

나는 짐짓 활기차게 대꾸했다.

"밖에서 저녁 먹을까? 와규덮밥 잘하는 데 있는데."

"아니. 그냥 집으로 올래? 저녁은 도시락 먹고."

"그러지 뭐."

대화가 잠시 끊겼다. 서진이 헛기침을 했다.

"실은 일이 좀 생겼어."

"무슨 일?"

"그게, 저기."

그녀가 머뭇거렸다.

"무슨 일인지 아닌지도 사실 잘 모르겠거든. 와서 좀 봐 줬으면 좋겠어."

3

원룸 초인종을 누르자 인터폰에서 서진의 목소리가 흘러나왔다.

"들어와."

나는 문을 열고 현관으로 들어갔다. 집 안이 캄캄했다.

"현관 쎈서등 고장났어."

서진이 어둠속에서 말했다.

"잠깐만 기다려. 마음의 준비가 필요해."

나는 기다렸다. 이윽고 형광등이 깜박이며 방이 환해졌다. 서진은 책상에 비스듬히 기대어 선 채 난처한 표정으로 나를 바라보고 있었다. 나는 놀라서 멍하니 서 있었는데, 왜 놀랐는지는 멍해지고 난 다음에야 깨달았다.

그녀의 그림자가 사라지고 없었다.

지금도 그때 느낀 감정을 정확히 설명하기 어렵다. 머릿속으로 이런저런 표현이나 비유를 떠올려보아도, 막상 그걸 입 밖으로 소리내 말하거나 글로 옮겨놓고 보면 맥없고 진부하게 느껴진다.

하지만 방 안에 퍼져 있던 강렬한 이물감에 압도되어 한동안 꼼짝도 못했던 것만큼은 또렷이 기억난다. 팔짱을 끼고 서 있던 서진과 나머지 사물들―이케아 슬라이딩 옷장과 책상, 녹색 린백 의자, 노트북, 책장, 베이지색 스프레드를 깐 매트리스, 하늘색 커튼, 가스레인지와 드럼세탁기, 양말이 튀어나온 빨래바구니, 여행용 캐리어, 에드워드 호퍼의 포스터―사이에 타협 불가능한 경계가 생겨난 것 같았다.

"내가 미친 게 아니구나."

서진이 내 얼굴을 유심히 살피다 말했다. 나는 저도 모르게 고개를 끄덕였다. 그녀도 고개를 끄덕였다.

"그건 다행이네."

침묵이 흘렀다.

"여기, 사오라고 한 도시락."

나는 비닐봉지를 들어 보였다. 불고기와 새우튀김덮밥 도시락으로, 그녀가 좋아하는 도시락 가게에서 고른 것이었다.

"맛있겠다."

서진이 말했다.

"전자레인지에 30초만 돌리래."

나는 또 대화가 끊기기 전에 얼른 입을 열었다. 아무 일도 아니라는 듯. 오로지 그러는 척하는 것만이 옳은 반응이라는 듯.

"그럼 줘. 내가 데울게."

서진이 내게 편평하게 다가오며 손을 뻗었다. 나는 뒤로 물러서고픈 순간적인 충동을 겨우 억누르고 봉지를 내밀었다. 그녀의 손가락과 내 손가락이 닿아 얽혔다. 나는 그녀의 손을 조심스레 끌어당겼다. 내가 틈날 때마다, 물론 틈이 없을 때도, 수없이 잡고 쓰다듬고 입을 맞췄던 그 손이 맞았다. 부드러운 피부, 가늘고 단단한 손등의 뼈, 손끝의 거스러미까지.

그저 그림자만 없을 뿐이었다.

서진이 내 어깨에 이마를 얹으며 나를 가볍게 안았다.

나는 그녀의 머리를 천천히 쓰다듬었다.

천장 형광등이 수명을 다한 듯 두세번 깜박였다. 갈아 끼워야 할 모양이었다.

우리는 말없이 도시락을 먹었다. 식사를 마치자 서진이 페퍼민트티를 끓였다. 우리는 찻잔을 들고 매트리스에 앉았다.

처음의 충격이 가라앉자 상황이 좀더 세세히 눈에 들어왔다. 정확히 말해 그림자가 완전히 사라진 건 아니었다. 그녀가 입고 있는 라운드넥 티셔츠와 체육복 바지, 수면양말의 접히고 주름진 곳마다 조그맣고 가느다란 어둠이 자연의 이치에 따라 제자리를 지키고 있었다. 그녀의 얼굴과 손 역시, 지우개로 대충 지운 연필 선처럼 뿌옇고 희미하기는 해도 명암과 입체감이 남아 있었다. 그걸 그나마 다행이라고 말할 수야 없겠지만, 적어도 약간의 현실감은 느낄 수 있었다.

하지만 매트리스 위는 깨끗했다.

빛의 장난도, 눈의 착각도 아니었다. 잘 벼린 칼로 깔끔하게 베어내기라도 한 것처럼 그녀의 몸 아래에는 한점의 어둠도 없었다.

"안 더워?"

서진이 말했다.

"응?"

"파카 계속 입고 있는데."

"아."

나는 파카 지퍼를 내리다가 생각을 바꿔 자리에서 일어섰다. 창가로 가서 창문을 조금 열었다. 찬 공기가 옷 속으로 들어왔다. 골목에 쌓인 채 얼어붙은 눈이 가로등 아래에서 암염처럼 흐릿하게 빛났다.

머리가 맑아졌다.

정신을 차려야 했다. 서진이 혼자서 자기 그림자가 사라졌다고 상상할 수는 있다. 하지만 두 사람이 동시에 그런 상상을 할 가능성은 (없지는 않겠지만) 낮다. 그러니 일단은 이 상황을 현실로 간주하는 게 옳다. 사람 그림자가 사라지는 게 가능한 일인가는 나중에 생각해봐도 된다. 지금 해야 할 게 뭔지는 모르겠지만, 그렇다고 비명을 지르거나 호들갑을 떨 필요는 없다.

나는 자리로 돌아와 서진 옆에 앉았다. 그녀가 나를 보왔다. 나는 내 찻잔을 그녀의 찻잔에 건배하듯 가볍게 부딪쳤다. 그녀가 피식 웃고는 차를 마셨다. 나는 내 목소리가 턱에 난 뾰루지에 대해 얘기하듯 편안하게 들리길 바라며 입을 열었다.

"언제부터 이랬어?"

"나도 계속 생각하던 중이야."

서진이 생각에 잠겼다가 말을 이었다.

"내가 예전에 가고 싶은 데 있다고 했지?"

서진이 한 회사의 이름을 댔다. 나는 고개를 끄덕였다. 영화와 드라마, 뮤지컬 제작으로 유명한 미디어 기업으로, 그녀가 다른 회사를 지원하는 와중에도 계속 마음에 두던 곳이었다.

"어제 거기 2차 면접이었어."

면접은 본사에서 이뤄졌고, 서진은 세명의 면접관 중 한명을 바로 알아봤다. 최근 몇편의 중·저예산 영화를 비평과 흥행 양쪽에서 잇따라 성공시킨 기획자로, 얼마 전 여성으로는 최초로 제작부장 자리에 올라 화제가 된 인물이었다. 나는 그 분야에 대해서는 잘 몰랐지만 서진은 잘 알았고, 그녀와 관련된 기사도 꼼꼼히 찾아 모두 읽었다

("결정적인 순간에는 저돌적이어야 해요. 사냥과 똑같아요. 단숨에 숨통을 끊어야죠." 한 인터뷰에서 부장은 그렇게 말했다). 이른바 롤모델이었다. 서진은 그녀 밑에서 일하고 싶다고 했었다. 많은 걸 배울 수 있을 것이라며.

그리고 면접에서 그 부장에게 혹독한 꼴을 당했다.

부장은 남성 지원자와 여성 지원자에게 미묘하게 다른 질문을 했다. 정확히 말하면 여성 지원자에게는 업무 외의 질문이 하나 더 붙었다. 현장은 남초라서 만만치 않을 텐데 어찌하겠느냐, 결혼을 할 경우 일과 가정의 균형은 어찌할 것이냐, 등등. 서진은 놀라지 않았다. 이 업계는 여성에게 절대 호의적이지 않다. 부장은 거길 뚫고 올라간 사람이다. 자수성가한 사람 특유의 편견이나 아집이 있는 게 뜻밖은 아니다. 그 점은 처음부터 감안하고 있었다. 서진은 최선을 다해 대답했다. 다시 돌이켜봐도 그보다 더 잘하지는 못할 것 같았다.

진짜 문제는 다른 데 있었다. 면접 내내 꼭 집어 표현할 수 없는 어색한 분위기가 감돌았던 것이다. 부장은 서진이 대답할 때마다 그녀의 얼굴을 유심히 바라보았다. 서진이 제출한 기획안의 실현 가능성을 캐묻던 부장이 그녀

가 질문마다 막힘없이 대답하자 안경을 고쳐올리며 희미
한 미소를 지었다.

"확실히 자기주장이 강한 분이시네."

그 말에 담긴 위화감이 서진의 신경을 다시 건드렸다.

영어 문답이 끝나고 면접을 마치기 전, 부장이 서진의
이력서를 살펴보다가 무심한 어조로 그녀가 다녔던 공기
업 얘기를 꺼냈다.

"저 그저께 여기 다녀왔는데. 또 보니 반갑다."

그녀가 서진의 예전 담당과장 이름을 대며 그 사람 차
장으로 승진했는데 혹시 알고 있느냐고 물었다. 서진은
몰랐다고 했고, 부장은 고개를 끄덕였다.

"세상 참 좁아요, 그렇죠?"

그때 서진은 위화감의 정체를 깨달았다. 그녀는 이 회
사에 입사할 수 없었다. 어쩌면 이 바닥의 다른 회사에도.
소문이 돈 것이다. 최소한 이 회사에는 돌고 있었던 것이
다. 그녀가 자기주장이 강하다는 소문.

서진과 부장 사이의 땅이 푹 꺼지면서 가늘고 긴 줄이
생겨났다. 서진은 그 줄 위에 발을 디뎠다. 다른 면접관들
은 보이지도 않았다. 이제 이 줄 위를 한 단어, 한 단어씩

밟아 그녀에게 가야 했다. 그럴 만한 사정이 있었다고, 듣고 나면 이해할 수 있을 것이라고, 단순히 자기주장의 문제가 아니라고 해야 했다.

서진은 한걸음도 옮기지 못했다.

회사 건물을 나오면서 서진은 삶은 시금치처럼 축 늘어져 있는 게 자신의 몸인지 마음인지 혼란스러웠다. 잘 알던 길을 잘못 든 것 같았고, 맑게 갠 하늘에서는 오후의 햇살이 느긋하게 떨어졌다.

한시간쯤 뒤 시내의 대형 쇼핑몰 지하에 입점한 서점에 들어섰을 때, 서진은 자기가 무슨 생각으로 거기 갔는지 잊어버린 상태였다. 몸이 붕 뜬 기분이었다. 그녀는 종이 냄새를 맡으러 온 강아지처럼 코를 킁킁거리며 서가를 돌아다니면서 아무 책이나 펼쳤다가 내려놓았다.

그러다 강연을 들었다.

"강연?"

"책 강연."

서점 중앙에 있는, 쉼터 겸 강연장으로 사용되는 공간에서 한 남자가 스물대여섯명 정도의 사람들을 앞에 놓고 열심히 강연중이었다. 남자의 뒤에 걸린 현수막에는 책

표지와 제목이 인쇄되어 있었다. '사자의 인문학'

서진은 강연장 벽에 등을 기대고 섰다. 강연자는 눈이 크고 서글서글한 중년 남자로, 회색 털모자와 개량한복 차림에 소탈해 보이는 턱수염을 기른 것이 도를 깨치고 하산하여 환속한 스님 같은 인상을 풍겼다.

그러나 그가 마이크를 잡고 하는 얘기는 조금도 서글서글하지 않았다.

강연의 요지는 지금 당신들이 겪고 있는 모든 문제의 중심에는 결국 나태함이 있다는 것이었다. 어떤 나태함? 자기 자신이 누구인지 알고 싶어하지 않는 나태함. 남이 떠먹여주는 지혜를 앵무새처럼 달달 외우면서 권위에 무력하게 굴복하는 나태함. 손만 뻗으면 세상의 모든 지식을 흡수할 수 있는 시대에 살면서 요약정리와 요령 말고는 원하는 게 없는 영혼. 그것이 당신들이라는 소리였다. 맨 앞줄에서 강연자의 말을 노트에 받아적던, 서진보다 서너살 정도 어려 보이는 여학생이 고개를 들었다. 강연자가 학생을 보며 말했다.

"그래요, 바로 당신. 펜 내려놔요. 노트 따위 던져버리라고요. 이런 말 받아적어서 어디다 쓸 겁니까? 트위터에 올리려고? 페이스북 좋아요 받으려고? 미켈란젤로는 말했습니다. 나는 조각을 하는 게 아니라 돌에 갇힌 형상을 끌어내는 거라고. 필기왕 아가씨, 대답해보세요. 당신의 형상은 무엇입니까? 여긴 왜 온 겁니까?"

여학생이 노트에 눈물을 떨어뜨렸다. 울먹이는 목소리로 그럼 어떻게 해야 하는 거냐고 했다.

"내면으로 뛰어드세요. 자신의 형상을 찾아 조각해야합니다. 그 과정은 외롭습니다. 누구도 도와줄 수 없습니다. 우리의 내면은 사막입니다. 오로지 여러분 자신밖에 없습니다. 사자가 되어야 합니다. 오아시스를 찾아야 합니다."

사람들이 박수를 쳤다.

서진은 팔짱을 끼었다. 서투른 장기자랑을 볼 때처럼 마음이 싸늘하게 식었다. 어쩌라는 건지 알 수가 없었다. 자신의 형상을 조각해서 세상 밖으로 나가면 옛 직원의 험담을 퍼뜨리는 상사가 앞길을 가로막지 않게 될까? 면접자가 자기주장이 강하다며 비웃는 면접관이 자기가 한 일을 반성할까?

그보다, 대체 사람을 왜 울리는 거지? 필기가 무슨 죄라고?

강연자가 말을 이었다. 고전을 읽어야 한다고, 그 안에 길이 있다는 빤한 이야기였다. 그러다 서진과 눈이 마주쳤다.

서진을 본 강연자가 말을 멈췄다. 먼 산을 보듯 눈을 찌푸리더니 흰자가 희번덕거릴 정도로 크게 눈을 떴다. 강연자의 무성한 턱수염 위로 총소리에 놀라 숲에서 달아나는 새떼 같은 놀라움이 솟아올랐다.

그때 강연장의 조명이 꺼졌다.

사람들이 웅성거렸다. 강연자가 마이크를 탁탁 치면서 후후 불었다. 서점 직원이 벽에 붙은 스위치를 황급히 눌렀지만 불은 켜지지 않았다.

서진은 강연장을 나갔다. 머리가 어질어질했다. 쇼핑몰 통로를 가로질러 가다가 '건강쉼터'라고 적힌 표지판이 붙어 있는 문을 발견했다.

그녀는 문을 열고 쇼핑몰 밖으로 나갔다. 돌을 깔아 만든 길을 따라 조경수가 심어져 있었고, 물레방아가 설치된 연못은 얼어붙어 있었다. 녹지 않은 눈이 곳곳에 쌓여 있었다.

서진은 벤치에 앉았다. 고개를 흔들며 쌀쌀하고 맑은 공기로 얼굴을 씻었다. 어지러움은 가라앉았지만 붕 뜬 기분은 사라지지 않았다. 더 정확히 말하자면, 몸이 조금 가벼워진 것 같았다.

지구보다 낮은 중력의 행성에 발을 디딘 것처럼.

뭔가 잘못되었다는 걸 알아차린 건 그때였다. 발치를 멍하니 바라보던 서진이 저도 모르게 숨을 들이쉬었다. 그녀는 조경수로 심어놓은 길쭉한 편백나무 옆에 태양을 등지고 앉아 있었는데, 나무 옆 그녀의 그림자가 있어야 할 자리에 새하얗게 깔려 있는 눈밭이 완벽하게 조율된 피아노에서 나오는 첫번째 음만큼이나 깨끗했던 것이다.

4

그날 밤은 서진의 방에서 잤다.

사실상 반은 깬 채로 뒤척거렸다. 토막토막 이어지는 뜻 모를 꿈을 꾸다가 눈을 뜨면 옆에 서진이 곤히 잠들어 있었다. 내가 오기 전까지 내내 뜬눈으로, 절대 원하는 대답이 나오지 않으리라는 사실을 알면서도 인터넷을 뒤지고 있었다는데, 지금은 틀에 넣은 두부처럼 미동도 없이 고르게 숨을 들이쉬고 내쉬며 누워 있었다.

잠들기 전까지 우리는 그림자가 사라진 날 서진의 동선을 복기해보았다. 잃어버린 지갑을 생각해보듯.

그냥 정처 없이 돌아다녔다고 했다. 지하철에서 노약자용 엘리베이터도 타보고, 아파트 단지 놀이터에서 그네도 밀어보고, 로드샵에서 쌤플도 발라보고("그 립글로즈 살결 그랬나"), 액세서리 가게에 들어가 머리핀도 구경했다.

"강사가 놀랐다고 했잖아."

내가 말했다.

"응."

"그럼 그때는 이미,"

나는 잠깐 말을 멈추고 적당한 표현을 생각했다.

"이런 **상태**였던 게 아닐까?"

"어쩌면."

"이상한 느낌 같은 게 들지는 않았고?"

"이상한 느낌?"

"응."

"무슨 이상한 느낌?"

"글쎄."

내가 한 질문에 내가 갸웃했다. 그림자가 사라질 때는 어떤 느낌이 들까? 상처 딱지가 떨어지는 느낌? 수첩을 찢는 느낌? 재봉선이 뜯겨 나가는 느낌?

애초에 무슨 느낌이 들기는 할까?

"보자."

서진이 무릎에 턱을 괴었다.

"걷다가 2층버스를 봤어. 시티투어버스. 지붕 없는 거. 2층에 관광객들이 앉아 있더라. 사진 찍으면서. 대체 이 추운 날씨에 왜 저럴까, 그랬네. 그건 좀 이상했다."

"그러게. 이상하네."

대화가 끊겼다. 그녀가 방구석을 골똘히 바라보다 입을 열었다.

"너 나 보면 도망갈 줄 알았어."

"흠."

"정말로."

"그럼 왜 전화했어?"

"그러지 말았으면 싶어서."

나는 그림자가 없는 그녀의 팔뚝을 쓰다듬었다.

신입이 옥상에서 울고 있었다. 신규 프로젝트 때문에 관련 업체를 방문해 업무 담당자와 상담을 하던 중, 담당자가 복잡한 알고리즘에는 블랙박스라는 게 있다던데 그게 뭐냐고 묻자 순진하게 입을 털었던 것이다. 네, 맞아요. 미지의 영역이죠. 그래서 알고리즘을 설계한 개발자도 자기가 짠 프로그램이 정확히 어떤 과정을 거쳐 결과를 도

출하는지 정확히 이해 못하는 게 사실이에요. 정보사회의
한계랄까요. 담당자는 무슨 말인지 잘 이해했다면서 오늘
미팅은 여기서 끝내자고 했다. 본론으로는 들어가지도 않
았는데. 신입은 빈손으로 (팀장의 표현을 빌리자면) 털레
털레 돌아왔다.

"그래서 걔는 지금 어디 있는데요?"

"우리 구역이겠지 뭐."

팀장이 말했다. 옥상은 같은 건물에 입주한 여러 회사
가 암묵적인 상상의 경계선을 그어 흡연 겸 뒷담화 공간
으로 공유했다. 우리 구역은 남서쪽 모서리였다.

"뭐라고 하셨길래."

"별 얘기 안했어. 제가 제풀에 미안해서 그러는 거지."

"반성하고 있을 거예요."

"하는 김에 뛰어내리면 더 좋고."

"냉정하시네요."

"자기가 마무리 짓고 와."

"옥상 가서 밀어버리라고요?"

팀장이 빙긋 웃으며 팔짱을 끼고 나를 보았다. 면접 때
빨간 재킷을 입고 나를 바라봤을 때처럼. 나는 얼른 자세

를 바로잡고 표정을 고쳤다.

"사실 따지고 보면 걔 잘못만은 아니지. 너 말고 걔를 보낸 내 책임도 없잖아 있지 않을까 싶고. 아무래도 그쪽 담당자 마음에 아직 저항감이 좀 남아 있나봐."

"이미 얘기 다 끝났는데도 그러네요. 그냥 윗선에 말하는 게 낫지 않을까요?"

"조용히 처리하자고. 아무튼 그 사람이 실무자니까, 트러블이 생기면 많건 적건 피곤하지. 가서 얘기 잘하고 와."

업체로 출발하기 전에 복도 자판기에서 캔커피를 뽑아 옥상으로 올라갔다. 신입은 물탱크 옆 난간에 기대 서 있었다.

"갑자기 훅 들어오더라고요. 당황해서 말이 잘."

신입이 내가 건넨 커피를 받으며 머리를 긁었다.

"이제는 대답할 수 있고?"

"혀끝에는 딱 걸려 있는데……"

"그 걸린 것 좀 꺼내봐."

신입은 이파리를 먹는 애벌레처럼 입을 오물거리기만 했다.

"아스피린."

내가 말했다.

"먹어봤지?"

"네."

"아스피린은 19세기에 발명됐거든. 그런데 그게 인체에 어떤 방식으로 작용하는지, 그러니까 작용 기전이 밝혀진 건 그로부터 거의 70년 뒤야. 하지만 그사이에 사람들이 아스피린을 안 썼을까? 이게 어떤 원리로 두통을 가라앉히는지 알고 나서 써야겠다면서? 아니지. 다들 70년 동안 잘 복용했고, 아무 문제도 없었어. 효과가 확실하고 심각한 부작용이 없었으니까. 무슨 말인지 알겠어?"

"네."

"무슨 말인데?"

"아스피린이…… 좋은 약이죠. 바이엘에서 만든."

나는 팔짱을 끼고 빙긋 웃으며 신입을 바라보았다. 신입도 따라 빙긋 웃었다. 아무래도 나는 팀장처럼은 안되나보다.

"제대로 작동하느냐 아니냐가 중요하다는 소리야. 작동 원리가 아니라. 알고리즘이 인풋을 적절하게 처리해서 유용한 아웃풋을 산출할 수만 있으면 되는 거라고. 너와 내

두뇌처럼 말이지. 뇌에 대해서 밝혀진 게 별로 없다고 우리가 머리를 안 쓰는 건 아니잖아. 그렇지?"

"그렇죠."

신입이 두뇌를 절약하는 듯한 표정으로 대답했다.

한시간 뒤, 나는 거래업체 회의실에 앉아 담당자와 이야기를 나눴다. 그는 팀장의 예상대로 걱정이 많아 보였다. 상담기록은 정말 민감한 개인정보다. 그게 정말로 필요한 일인가? 그걸 넘기는 게 정말로 안전한 일이라고 장담할 수 있나? 법적으로 아무 문제가 없을 리 없지 않나?

나는 설명했다. 새삼 강조할 필요도 없다. 귀사로부터 받게 될 상담기록은 우리 회사에서 진행하고 있는 **우울증 사전 예측 프로젝트**에서 핵심적인 역할을 한다. 텍스트마이닝을 실행하는 데 있어서 이번 경우는 통상의 웹크롤링만으로는 충분치 않다. 진짜 **경험자**의 언어가 필요하고, 그들이 사용하는 단어의 빈도와 패턴 분석이 필수적이다. 당연한 소리겠지만, 그외에도 수많은 변수가 고려된다. 재산, 최종학력, 질병유무, 거주지역 등. 우리는 평소 이와 관련된 수많은 데이터를 수집하여 가공하고 거래한다. 물론 이런 정보는 대부분 자발적으로 제공된 것들이다. 사람들은 위치정보 서비스를 요구하는 무료 영어사전 애플리케이션을 자발적으로 다운받고, 개인정보를 마케팅과 기타 등등에 활용한다는 약관에 동의해야 하는 무료 쏘셜미디어 서비스에 자발적으로 가입한다. 재정상태나 직업, 거주 지역을 파악할 수 있는 교묘한 설문이 포함된 온라인 심리테스트에 자발적으로 응답한다. 이 모든 게 자발적이다. 우리가 사생활을 침해하는 게 아니다. 남의 통화를 엿듣거나 계좌내역을 들여다보는 게 아니다. 그저 사람들이 제공에 동의한 정보를 취급할 뿐이다. 이것이 우리 원칙이고, 보통은 그런 정보만으로 충분하다. 하지만, 아시다시피, 이번 프로젝트는 특수하다. 막연한 대중이 아니라 특정한 **표적**을 상정하여 진행하기 때문이다. 모든 원칙이 그렇듯 원칙에 예외를 둘 긴급한 필요가 있다. 상담기록을 활용함으로써 막연한 비전에 구체적인 형태를 부여할 수 있을 것이다. 프로필을 그려내고 패턴을 파악함으로써 오류를 최소한으로 줄일 수 있을 것이다.

안전 문제는 방법이 있다. 우리는 귀사가 제공하는 상담기록을 활용했다는 흔적을 남기지 않을 방침이다. 자세히 밝히기는 어렵지만 자료는 **아날로그적**으로 교환되고 처리될 것이다. 시간과 비용이 더 들겠지만 그럴 만한 가치가 있는 일이다. 그렇게 처리된 데이터는 다른 데이터 속에 자연스럽게 섞일 것이다. 건초 더미에서 바늘을 찾지 못하게 하려면 바늘 위에 건초를 쌓으면 된다. 그럼 안전해진다.

비밀만 보장된다면.

나는 계속 말했다. 우리 회사는 정말로 **조용히** 일한다. 아시다시피 우리는 광고도 로비도 하지 않는다. 오로지 실력으로 말한다. 우리가 고객을 찾아가는 일은 없다. 우리는 찾아오는 고객만 상대한다. 이번 프로젝트 역시 따지고 보면 귀사를 비롯한 몇몇 회사가 같이 우리를 찾아와 제안한 것 아니었나. 아무튼 보안이 생명이다. 나 역시 이 회사에 지원했을 당시 이곳에 대한 정보를 거의 얻지 못했다. 입사하고 나서는 옥편 두께의 비밀유지 각서에 서명하고 성경보다 조금 짧은 보안절차를 숙지해야 했다 (문득 오래전 읽은 댓글이 떠올랐다. '계약 때문에 자세한 건 말하기 어렵네요. 행운을 빕니다.'). 이번 프로젝트 역시 언제나처럼 비밀이 철저히 보장될 것이다. 적어도 우리 쪽에서는 확실히 그렇다.

"잘 아시겠지만, 보관상태의 데이터는 아무것도 아닙니다. 잡음에 불과해요."

나는 빙긋 웃으며 말했다.

"하지만 선별하고 정리하면 신호가 됩니다. 신호는 패턴을 형성하고, 패턴은 앞날을 알려줍니다. 앞날을 알면 전략이 생겨납니다. 미래를 뜻대로 할 수 있는 거죠."

나는 말을 멈췄다. 미래와 뜻대로라는 단어가 그와 나 사이에 고여 있는 숫자와 대차대조의 호수 표면에 조약돌처럼 떨어지면서 파문을 일으키는 모습을 주시하며 대답을 기다렸다.

담당자가 입을 열었다.

"무슨 말인지는 알겠습니다. 하지만 제 입장에서는 투명성 문제를 재고할 수밖에 없어요. 솔직히 말해, 어떻게 돌아가는지도 모르는 프로그램이잖습니까. 당신네 직원이 그렇게 말했다고요."

나는 헛기침을 했다.

"아스피린을 복용해본 적 있으신가요?"

삼십분 뒤 우리는 합의에 이르렀다. 담당자는 가능한 신속하게 업무를 진행하겠다고 약속했다. 우리는 자리에서 일어나 악수를 했다.

짐을 정리해서 회의실을 나가려는데 그가 나를 불러세
웠다.

"묻고 싶은 게 있는데요."

담당자가 머뭇거렸다.

"어디까지나 개인적으로요."

"네."

"정확히 무엇인진 몰라도 아무튼 잘 움직이기만 하면
그걸로 되는 걸까요?"

나는 담당자를 바라보았다. 문득 그의 외모가 새삼 눈
에 들어왔다. 전기밥솥처럼 머리가 큰 중년 남자로, 인생
의 무게가 눈꺼풀에 퇴적되어 있기라도 한 듯 두 눈이 축
처져 있었다.

"제 주변에는 이제 그런 것밖에 없는 것 같아서요."

그가 손에 든 휴대폰을 흘끗 보았다.

"저는 이 스마트폰 없이는 1초도 못 살 겁니다. 저만 그
런가요. 다 그렇죠. 문명의 이기죠. 하지만 이게 무슨 원리
로 움직이는지는 하나도 몰라요. 여기 지피에스 기능 있
잖습니까. 위치추적. 제가 좀 궁금해서 알아본 적이 있는

데요, 이 기능에 양자역학이 응용되었다는 거 아십니까? 근데 보세요, 누가 양자역학을 이해하겠어요. 고장만 안 나면 쓰는 거죠. 또 제가 야근할 때 컵라면을 자주 먹는데요, 시간 되시면 포장에 인쇄된 성분표 한번 읽어보세요. 성분이 정말 많아요. 라면 하나를 만드는 데 들어가는 게 정말 많은데, 밀가루 말고는 알아먹을 수 있는 말이 하나도 없어요. 그래도 맛있게 잘 먹고 탈도 나지 않는단 말이죠. 아스피린처럼.

뭐 그쪽 말대로 그 알고리즘을 기업의 인사채용에 도입하면 이력서에 쓴 자기소개나 면접 때 사용하는 말을 근거로 누가 우울증에 걸릴지 예측해서 걸러낼 수 있겠죠. 굉장합니다. 굉장해요. 옛말에 열길 물속은 알아도 한길 사람속은 모른다던데, 이제는 열길 사람속도 다 안다는 거 아닙니까? 그것도 미리. 굉장해요. 하지만 저는 이런 대단한 세상을 살고 있는데 한길 물건속도 전혀 모른단 말이죠. 그런데 워낙 자신있게 미래를 뜻대로 할 수 있다는 말씀을 하셔서……"

담당자가 말을 멈추자 회의실이 조용해졌다. 그가 두 손으로 얼굴을 문질렀다.

"죄송합니다. 그냥, 진짜로, 갑자기 궁금해져서요. 이런 소리를 왜 하나 모르겠습니다. 그쪽이 대답하실 수 있는 문제가 아닌데."

"괜찮습니다."

내가 말했다.

"속에 있는 말은 해야지요."

팀장에게 결과를 전한 다음 서진에게 전화했다. 발신음이 한참 울렸지만 수화기 너머에서는 응답이 없었다. 나는 오늘 저녁에 뭘 먹고 싶은지 답장 달라고, 그럼 가는 길에 장을 봐서 들어가겠다고 문자메시지를 보냈다.

전화를 서류가방에 집어넣고 버스정류장까지 걸어갔다. 뺨에 닿는 공기가 싸늘했고, 두꺼운 코트와 점퍼를 입은 사람들이 보도블록 위 그늘을 따라 얼어붙어 있는 눈을 종종걸음으로 피해다녔다.

잠시 기다리자 회사 방향으로 가는 버스가 도착했다. 나는 창가 좌석에 앉았다. 맑은 날씨였다. 커다란 구름 하나가 새파란 하늘 위를 여왕처럼 유유자적 흘러갔다.

그날 밤 이후 나는 매일 서진의 방을 찾았다. 저녁을 같이 먹고, 텔레비전을 보고, 컴퓨터로 뉴스를 보고, 잡담을 나누다가 밤늦게 돌아갔다. 야근 때문에 늦게 들른 날에는 거기서 잠을 잔 다음 출근했다. 다음 날도, 그다음 날도.

그렇게 일주일이 지났다.

우리는 새로운 상황에 적응해갔다. 그저 그림자가 사라졌을 뿐이었다. 그것 말고 달라진 건 아무것도 없었다. 따라서 그녀가 외출을 삼가고 방에 머물러 있는 한 당장은 이 문제를 깊게 고민할 필요가 없었다. 필요한 물건이 있으면 내가 장을 보거나 인터넷으로 주문하면 됐다. 놀라움의 유통기한은 짧다. 일단 무언가가, 그게 무엇이건 간에, 존재한다는 걸 받아들이기만 하면 그다음은 쉽다. 나는 그림자가 사라진 서진에게 금세 익숙해졌다.

서진 역시 그랬다.

버스가 정류장에 서자 부부로 보이는 노인 두명이 올라탔다. 두 사람 모두 옷을 곱게 차려입었는데, 남편이 먼저 올라탄 다음 몸을 돌려 손을 뻗자 부인이 그 손을 잡고 버스에 올라탔다. 그다음 정거장에서는 젊은 여자가 여자아이를 들어올리다시피 하며 타고서는 버스카드를 단말기에 갖다댔다. 바로 이어서 한쪽 다리에 깁스를 한 여고생이 힘겹게 올라와 절뚝거리며 자리에 앉았다.

나는 다시 창밖을 보았다. 서진은 이 문제를 가족에게 말하고 싶지 않다고 했다. 이해했다. 가족에게 털어놓기 미묘한 사정이라는 것은 분명했으니까. 마찬가지의 이유로 이 문제를 의논할 친구 또한 없었다. 그러니 지금 실질적으로 그녀의 곁을 지켜줄 수 있는 건 나뿐이었다. 서진과 나. 세상에 둘뿐. 그녀에게 벌어진 기묘한 일이 우리 둘을 그 어느 때보다 단단히 묶고 있었다.

우선은 그거면 충분했다. 그다음은 이제부터 궁리하면 된다. 일단은 서진을 내버려두지만 않으면 된다. 혼자 절뚝거리며 버스를 타게 하지 말아야 한다.

도망치면 안 된다. 예언에 따르자면.

예언이 실현되었다는 것은 분명했지만 나는 여전히 덤덤했다. 실현된 이상 더 덤덤했다. 일어날 일이 일어난 것일 뿐이니. 게다가 따지고 보면 '만나서는 안 되는 사람'이란 표현에는 관점을 다퉈볼 여지가 있다. 물론 서진은 무척 중요한 것을 잃어버렸다. 그러나 누군가가 무언가를 상실했다는 사실이 그걸 상실한 사람의 자격을 바꾸거나 결정하지는 않는다. 팔다리가 없어도, 귀가 들리지 않아도, 눈이 보이지 않아도 사람들은 사랑에 빠진다. 그림자를 잃어버린 것을 그처럼 생각 못할 이유는 또 뭔가? 물론 예상치 못한 문제가 계속 생겨날 것이다. 그림자를 상실한 사람에 대한 복지정책이나 사회안전망 같은 게 있을 리도 없다. 하지만 방법은 언제나 있게 마련이다. 그녀가 내 눈앞에 있고 그녀에게 내 손이 미치는 한 어떻게든 해볼 수 있다. 비현실적인 상황이긴 하지만 현실적으로 못 넘을 난관은 아니다. 대단한 용기가 필요하지도 않고, 죽을 정도로 힘들지도 않다.

할아버지, 이 정도는 견딜 만하거든요. 나는 속으로 중얼거렸다.

어리석게도.

그림자와 마주친 건 버스에서 내려 회사로 걸어가고 있을 때였다.

유리로 외벽을 감싼 보험사 빌딩 앞에 벤치 두개가 나란히 놓여 있었다. 봄과 여름과 가을에는 점심을 먹고 나온 직장인들이 앉아 있었을 벤치는 추운 날씨 탓에 비어 있었다. 등받이의 그림자가 보도블록의 골을 따라 평행사변형 모양으로 우툴두툴하게 길바닥에 깔려 있었다.

어쩌다 내 눈에 그게 들어왔는지는 모르겠다. 아마도 추워서 고개를 숙이다가 눈에 띄었을 것이다. 그리고 그런 건 한번 눈에 띄면 눈을 뗄 수가 없는 법이다. 평행사변형의 지붕 위에 검고 길쭉하게, 담벼락 위에 앉은 고양이처럼 툭 튀어나와 있는, 사람의 상체 모양을 한 그림자 같은 건.

나는 제자리에 우뚝 서서 벤치와 그림자를 번갈아 바라보았다. 벤치에는 아무도 앉아 있지 않았고, 행인들은 있을 리 없는 그림자를 발견하지 못한 듯 나와 벤치를 무심히 지나쳤다.

튀어나온 그림자가 차츰 길어지기 시작했다.

나는 꼼짝 않고 서서 그걸 지켜보았다. 그림자의 움직임만 봐서는 그림자의 주인이 자리에서 일어서고 있는 것 같았다. 지금 이 장소에는 존재하지 않는 주인이.

몸통 양옆에 달려 있는 검고 가느다란 팔이 보도블록 위에서 바람에 날리듯 이리저리 흔들렸다. 동그란 머리가 메트로놈처럼 좌우로 까닥였다.

별안간 그림자가 동작을 멈췄다. 시선을 느끼기라도 한

것처럼.

　나는 여전히 미동도 하지 않았다. 그림자와 마주치고 얼마나 시간이 지났는지는 알 수 없었지만, 내가 그때 체감하고 있던 시간보다는 훨씬 짧을 터였다.

　그림자가 왼쪽 팔을 힘없이 들어올렸다. 손짓을 하는 것 같기도, 어딘가 혹은 무언가를 가리키는 것 같기도 했다. 그러더니 팔을 든 그 자세 그대로 천천히 미끄러지듯 움직였다.

　내 쪽으로.

　그 순간 바람을 따라 움직이던 구름이 해를 가렸다. 빛과 균일하게 뒤섞인 어둠이 거리의 그늘을 하나씩 먹어치우면서 무서운 속도로 전진했고, 내게 다가오던 그림자도 홍수에 휩쓸린 나무토막처럼 순식간에 모습을 감췄다.

　구름이 걷혔을 때 그림자는 사라지고 없었다. 거무스름한 평행사변형만이 나른하게 바닥에 누워 있을 뿐이었다.

5

아무 때나 사랑에 빠질 수 있다. 데이터는 신호일 수도 있고, 잡음일 수도 있는데, 사실 둘은 같다. 신호는 의미를 가진 잡음이다. 잡음이 신호로 바뀔 때 우리는 단순한 매혹과 맹목적인 호기심을 넘어 의미의 세계로 손을 잡고 걸어 들어간다. 맥락 없이 아무렇게나 교환되던 친밀함의 데이터는 연애라는 흐름에서 재해석된다.

내게 그 흐름은 서진과 만나기 시작한 지 9일째 되던 날, 그녀의 문자를 받으면서 시작됐다.

——보일러에 대해 아는 거 있어요?

——보일러요?

——네.

——남들 아는 만큼은 알죠.

거짓말은 아니었다. 보일러는 방을 덥히고 온수를 나오게 하는 기계 아닌가?

——잘됐다. 제가 집주인하고 보일러 때문에 얘기를 해야 되는데, 저녁에 시간 돼요?

그날은 야근을 해야 했다. 나는 잠시 생각하고 나서 답장을 보냈다.

——물론이죠.

나는 고등학교 동창을 도박빚으로 인한 자살미수로 중환자실 병상에 드러눕혀 산소호흡기를 씌운 뒤, 친구 병문안을 하고 집에 가서 나머지 일을 마무리 짓겠노라 맹세하고 나서 팀장의 미심쩍은 표정을 외면하며 회사를 빠져나왔다.

약속장소인 패스트푸드점에 앉아 있던 서진이 나를 보자 크리스마스트리처럼 환하게 웃으며 손을 들었다. 실제로 크리스마스 즈음이라 진짜 트리가 그녀 옆에서 빛나고 있었다.

서진의 원룸건물 앞에 도착해보니 섀미 점퍼를 입은 집주인이 서 있고, 그 옆에는 공인중개사로 보이는 양복 차림의 여윈 남자가 발을 동동 구르고 있었다. 주인은 서진을 보자 인사도 생략하고 이번 보일러 수리비용은 무조건 반반이라고 했다. 서진이 계약서 보여드릴까요, 하고 받아치자 중개사가 보일러도 소모품이기 때문에 수리비용은 원칙적으로 세입자 부담이라고 주인을 거들었다.

"소모품? 보일러가 소모품이면 집도 소모품이겠네. 집도 닳잖아요. 근데 왜 월세는 안 줄어요?"

"또 억지 쓰신다, 또."

집주인이 혀를 차듯 말했다.

"보일러가 맛이 갔으니 교체를 해달라고 몇번을 말씀드려요. 아침에 찬물로 머리 감고 나가서 머리에 고드름이 졌다고요."

"건물 올릴 때 다 똑같은 보일러 설치했고, 다른 세입자는 조용히 잘 쓰는데, 지금 아가씨 방만 그러는 거잖아요."

"그래서 지금 제 탓이라는 거예요? 제가 보일러를 학대해요? 멱살 잡고 때리고?"

내가 중재를 시도했다.

"저기, 여기서 이러지 말고 먼저 보일러 상태를 보고 나서……"

집주인이 내게 눈을 껌벅였다. 타조가 말을 하는 걸 본

듯한 표정이었다. 주인이 서진에게 고개를 돌렸다.

"혼자 산다더니."

"친구예요. 여기 안 살아요."

"여자랑 남자랑 무슨 친구야."

"보일러 얘기하는데 여자 남자가 왜 나와요?"

그뒤로 몇마디 더 옥신각신하다가 일단 보일러를 보자는 데 합의를 했다. 원룸에는 엘리베이터가 없었고, 3층까지 올라가는 동안 중개사는 숨이 가빠 헉헉거렸으며, 나는 서진의 방에 처음 들어간다는 생각에 조금 긴장했다.

방은 복도 끝에서 두번째였고, 육류 저장고처럼 싸늘했다. 성인 넷이 들어가자 실내가 비좁게 느껴졌다. 집주인이 보일러 스위치를 눌러보고 다용도실로 가서 본체를 살펴본 뒤 점화 스위치 또 나갔네, 보일러 학대한 거 맞구먼, 하고 중얼거렸다.

입씨름이 재개됐다.

그동안 나는 꿔다놓은 보릿자루처럼 벽에 기대 선 채로 천천히 내 역할을 깨달았다. 내 보일러 지식은 조금도 중요하지 않았다. 서진은 저쪽에서 남자 둘이 나올 테니 여기도 남자 하나는 있어야 꿀리지 않으리라는 전략적 판단으로 날 초빙했을 뿐이었다. 아무도 내게 신경 쓰지 않았다. 말싸움은 나 없이도 잘 굴러갔다. 배구경기 같았다. 주인이 운을 띄우고 중개사가 맞장구를 치면 서진이 받아넘기는 팽팽한 상황이 한참 이어졌다.

마침내 집주인은 이번만이라고, 마지막이라고, 다음에는 그쪽에서 비용을 전액 부담해야 한다고 못을 박았다.

"이렇게 손해 보며 사는데 누가 건물주보고 갑이래."

집주인이 투덜거렸다.

그들이 떠나자 우리만 남았다. 나도 그랬지만 서진도 어째서인지 방에서 나가려 들지 않았다. 내가 머뭇거리며 말을 꺼냈다.

"춥네요. 나가서 저녁 먹을까요?"

삼십분 뒤, 나는 서진과 파전을 사이에 놓고 데운 정종을 마셨다. 서진은 오늘 고마웠다면서 집주인이 짜증나는 사람이라고 했고, 나는 맞장구를 치면서 서진의 보일러 지식을 칭찬했다.

"그런데 오늘 어디서 자요? 방이 냉골이던데."

다른 뜻이 있어서 한 말은 아니라고 덧붙이려다가 그런 말을 굳이 꺼내는 게 더 어색할 것 같아 입을 다물었다.

"만화까페 같은 데서 새워야죠. 졸리면 찜질방에 가서 자거나. 제 본가가 공주예요. 친한 친구들도 다 거기 사는데 이 시간에 갑자기 내려가서 재워달라고 할 수는 없으니까."

"같이 갈까요?"

"공주예요?"

서진이 눈을 동그랗게 떴다.

"만화까페요."

까페를 나온 시각은 새벽 두시였다. 밤은 여전히 밝았다. 꺼질지언정 시들지는 않는 인공의 불빛이 하늘에서 떨어지는 어둠과 팽팽히 겨뤘고, 인적이 뜸해진 교차로의 신호등은 주황빛으로 깜박였으며, 심야의 도로를 통과하는 자동차의 헤드라이트는 검으로 종이를 가르듯 빠르고 곧게 내달렸다.

"어둠속으로 사라지고 싶은 사람들은 힘들 것 같아요."

서진이 말했다.

"왜요?"

"세상이 이렇게 밝으면 숨을 곳이 없잖아요."

"컴컴한 골목도 많을걸요."

"사람들이 하루 평균 여든세번 씨씨티브이에 찍힌대요. 그건 너무 많지 않아요?"

"어둠속에 숨고 싶어요?"

"가끔요."

우리는 가로등에 머리를 콩콩 박고 있는 취객을 지나 찜질방으로 갔다. 서진은 잠이 안 온다고 했고, 우리는 구운 계란을 까먹으며 두서없는 대화를 나눴다. 중국에서는 가짜 계란도 제조한다는데 그거 만들 돈이면 닭을 키워 진짜 계란을 생산하는 게 훨씬 남는 장사 아니겠느냐고 내가 말하자 서진은 인류의 진보는 본래 무모한 시도에서 비롯되는 거라고 대답했다.

"인류가 진보할까?"

"일단 내 인생이 퇴보하진 않았으면 좋겠어. 그나저나 시간 참 잘 간다. 벌써 네시반이네."

서진은 여섯시에 잠이 들었다. 그녀가 내 무릎을 베고 누워 쌔근거리는 동안 나는 텔레비전에서 나오는 새벽 뉴스를 봤다. 둥지 위의 알처럼 내 다리에 얹혀 있는 동그랗고 예쁜 머리에서 흘러나오는 단단하면서도 따뜻한 기운이 내 마음을 묵직하게 눌렀다. 피부와 혈관이 진하고 따뜻한 수프처럼 흐늘거리고, 녹아내리는 듯한 감각이 심장에서부터 팔다리로 퍼졌다. 정신을 차릴 수 없었고, 절대 믿어서는 안 되는 것에 속아넘어가는 기분이었다.

아무 때나 사랑에 빠질 수 있다. 새벽 여섯시반, 찜질방에서도.

퇴근을 삼십분 남겨두고 일이 터졌다. 신입이 아니라 정전 때문이었다.

순식간에 전원이 나가면서 사무실이 깜깜해졌다. 사원들이 넋이 빠져 앉아 있다가 웅성거리며 스마트폰 액정을 켰다. 액정에서 나오는 빛이 자다가 눈을 뜬 것처럼 하나둘 반짝였다.

나는 자리에서 엉거주춤 일어나 창가로 갔다. 사무실 근처 상가와 사무용 빌딩 전부가 옻칠을 한 듯 새까맸다. 주변 전체가 정전이 된 모양이었다. 신호등과 가로등까지 꺼져버리는 바람에 도로에서 차들이 꾸물거렸다.

잠시 뒤 건물 내 비상발전기가 작동하면서 전기가 공급되었지만, 미처 백업을 못한 작업이 날아가버렸다. 일을 새로 할 수밖에 없었다.

전화를 걸고 문자를 보낸 지 몇시간이 지났는데도 서진에게서는 연락이 없었다. 다시 전화를 걸어도 받지 않았다. 신경이 쓰이기 시작했지만 바로 나갈 수 있는 처지는 아니었다. 나는 퇴근이 늦을 것 같으니 기다리지 말고 냉장고에 있는 걸로 먼저 밥 챙겨 먹으라는 문자를 보내고 작업을 재개했다. 다른 사람들도 일을 시작했지만 어수선한 분위기가 쉽게 잦아들지 않았다. 교사 없이 자율학습을 하는 고등학교 교실 같았다. 실제로 팀장은 자리에 없었다. 전원이 복구되자 확인할 게 있다며 옆 부서로 갔다.

"요즘 정전이 너무 잦은 것 같아요."

옆자리에서 신입이 말했다.

"요즘? 이런 적 처음인데?"

"여기는 처음이죠."

신입의 말에 따르면 며칠 전부터 서울시내 곳곳에서 정전사태가 빈발하는 모양이었다. 아파트 단지가 어둠에 휩싸였고, 상영중이던 영화가 스크린에서 사라졌으며, 피시방 컴퓨터가 일제히 먹통이 되었다. 주민들은 손전등과 촛불을 꺼냈고, 관객들은 매표소로 몰려갔으며, 게임 중이던 손님들은 폭력성을 표출했다. 하지만 그 정도 불편이라면 견딜 만했다. 그보다 더 심각한 문제가 벌어졌을 가능성도 있었다. 신입의 어머니가 입원해 있던 병원도 정전 때문에 환자들이 불편을 겪었다고 했다.

큰 뉴스거리인데도 언론은 아침의 유흥가만큼이나 조용했다. 멀티플렉스 영화관에서 정전이 일어나 관객들이 항의했다는 단신이 나온 게 전부였다.

반면 인터넷은 들끓었다. 쏘셜미디어에 #정전 해시태그를 단 글과 사진이 잇따라 올라왔다. 작성자와 작성 장소는 달랐지만 내용은 희한할 정도로 비슷했다. 갑자기 정전이 일어나고, 한두시간 뒤 어찌어찌 복구는 되는데, 전력당국에서 정확한 원인을 설명해주지 않는다는 것이었다. 변압기 과열이니 야생동물 감전으로 인한 단선이니 말은 하는데, 같은 곳에서 일어난 정전을 놓고도 직원들 설명이 달랐더란다. 그래서 과연 이 사람들이 문제의 원인이 뭔지는 알고 고친 건지, 아니면 고장난 자판기를 발로 차서 고치는 식으로 일을 해결한 건지 의심스럽다는 내용이었다.

이내 정전 관련 게시물에 #불안 태그가 따라붙었다. 정전이 그렇게 드문 일이 아니라는 건 알지만, 그렇다고 이렇게까지 자주, 연달아 일어나는 일도 아니지 않은가? 무엇보다 대체 왜 제대로 말을 안해주는 건가? 언론은 왜 조용한가?

"별별 말이 다 나와요."

신입이 말했다.

"원전에 문제 생긴 거 아니냐. 신무기 테스트한다고 전력 끌어 쓰는 거 아니냐. 전력 민영화 해보려고 전력망에 장난쳤다가 너무 나간 거 아니냐."

"민영화는 무슨 소리야."

"그런 거 있잖습니까. 공기업에 전력공급 맡기면 불안하다, 그런 말 나오게요."

"그거 정말 많이 나갔는데."

"뼈를 주고 살을 취한다는 거죠."

뭔가 바뀐 것 같았지만 나는 굳이 따지지 않았다.

"어머니는 언제 입원하셨어?"

"보름 전에요. 처음엔 편하게 검사차 하루만 입원해보지 않겠냐고 병원에서 권해서 쉬러 가는 기분으로 들어가셨는데 막상 검사를 해보니까 다른 것도 좀더 봐야겠다고 하더라고요."

"왜 말 안하고?"

"제 문제인걸요."

신입이 어깨를 으쓱했다.

"별일도 없으셨고요. 정전 났을 때 병실 사람들이랑 화투 치고 계셨대요. 따던 참이었다는데 그건 아깝죠. 중환자실에서 소동이 좀 벌어지긴 했나봐요. 생명유지장치 같은 게 갑자기 멈추기라도 하면 큰일나긴 하겠죠."

"우리도 데이터센터 전원이 나가면 망해."

"그래도 서울에는 없으니까요. 가보신 적 있어요?"

나는 고개를 저었다.

"견학 같은 건 IT 꿈나무들에게 맡겨야지."

우리 회사가 임대하는 센터는 강원도에 있다. 데이터센터는 냉방이 중요하기 때문에 기온이 낮은 곳에 지으며, 적정온도를 일정하게 유지하기 위해 엄청난 전력을 소모한다. 케이블과 전선으로 연결된 수많은 써버가 열과 전자파를 방출하면서 인간이 네트워크에 남긴 온갖 흔적을 보관한다. 조금만 방심해도 펄펄 끓어오르며 증발해버릴 데이터의 바다. 그걸 상상하면 때로 아득해진다. 그렇다고 해서 특별한 깨달음을 얻는 건 아니다. 그저 아득할 뿐인데, 어쩌면 그 아득함 자체가 일종의 깨달음일지 모른다. 원래 깨달음이란 말로 다할 수 없는 것이니까.

"거기 두분, 할 건 다하고 담소를 나누는 거지?"

옆 부서에서 돌아온 팀장이 말했다. 우리는 각자의 모니터로 고개를 돌렸다.

일을 마치고 퇴근할 때까지도 정전은 완전히 복구되지 않은 상황이었다. 큰 건물에는 불이 들어와 있었지만 작은 건물들은 깜깜했고, 가로등은 켜져 있었지만 신호등은 여전히 먹통이었다. 교차로에서 교통경찰이 수신호로 교통정리를 하고 있었다. 회사 건물 앞 인도에 사람들이 모여 있었다. 구급차와 경찰차의 경광등이 번쩍였고, 사람들 틈새로 구급대원들이 환자를 들것에 싣는 모습이 언뜻 눈에 띄었다. 사고가 난 모양이었다.

그 광경에 한눈을 팔다가 하마터면 벤치 앞을 그냥 지나칠 뻔했다.

낮에 그림자와 마주쳤던 벤치에 누군가 앉아 있었다. 후드를 깊숙이 뒤집어쓰고 두툼한 겨울 점퍼를 걸친 형체가 가로등의 주황색 불빛, 빨간색과 파란색이 번갈아 번쩍이는 경광등 불빛에 비쳐 보였다. 청바지를 입고 운동화를 신은 길쭉한 다리가 골짜기 사이에 걸린 구름다리처럼 아래로 슬쩍 굽은 채 늘어져 있었다.

후드를 뒤집어쓴 사람이 자리에서 일어났다. 낮에 본 그림자처럼. 그런 다음 아주 약간 고개를 돌렸다. 낮의 그 그림자처럼.

그림자, 아니, 후드셔츠를 입은 사람이 왼쪽 팔을 천천히 들어올리고는 손을 흔들었다. 그러더니 내 쪽으로 천천히 다가와 앞에 섰다.

"늦어. 얼어죽을 뻔했네."

서진이 말했다.

6

나는 어안이 벙벙하여 서진을 보았다. 그녀가 여기 있으면 안 된다는 생각이 제일 먼저 떠올랐다가, 뒤이어 온갖 의문이 실뭉치처럼 한꺼번에 얽혀 굴러왔다. 여기는 무슨 일로? 왜 미리 연락도 안하고? 무엇보다,

사람들이 **보면** 어쩌려고?

내가 말문이 막힌 채 서 있자 서진이 미소를 지었다.

"표정이 왜 그래?"

나는 뺨에 손을 갖다댔다.

"내 표정이 왜."

"도깨비라도 본 얼굴 같아서."

서진은 그렇게 말하더니 소리 내어 웃었다. 깜짝 놀랄 정도로 웃음소리가 커서 나는 저도 모르게 주위를 둘러보

았다. 우리에게 주의를 기울이는 사람은 아무도 없었다.

"출출한데 뭐 좀 먹고 들어가자. 저기 어때?"

서진이 가리키는 방향에 편의점 간판이 푸르스름한 인광을 발하고 있었다. 그녀는 내 대답을 기다리지 않고 성큼성큼 걸었다.

나는 서진의 뒤를 따라갔다. 문득 그녀의 뒷모습을 본 것이 처음이라는 생각이 떠올랐다. 우리는 언제나 같이 걷거나, 아니면 내가 앞서 걸었다. 내 기억에는 그랬다. 서진은 맨발로 무대에 오른 무용수처럼 사뿐사뿐 걸음을 옮겼는데, 그럴 때마다 몸이 조금씩 공중으로 떠오르는 것 같았다.

정말로 가벼워 보였다.

우리가 들어간 편의점은 편의점이라기보다는 작은 푸드코트에 가까웠다. 부근 직장인을 타겟으로 삼은 매장으로, 널찍한 공간을 반으로 나눠 절반은 도시락과 커피, 스낵, 복권 판매대 등을 설치했고 나머지 절반은 플라스틱 테이블과 의자로 채웠다. 벽에 걸어놓은 평면 티브이에서는 광고가 나왔고, 매장은 손님으로 북적였다. 금세 회사로 돌아갈 사람들이 테이블에 앉아 도시락과 컵라면을 먹고 콜라를 마셨다.

나는 쌘드위치와 커피를, 서진은 땅콩과 맥주를 골랐다. 아르바이트 직원이 내가 내민 카드를 받아 계산을 했다. 서진에게는 눈길도 주지 않았다. 우리는 창가 쪽 테이블에 앉았다. '매장 내에서는 음주가 금지되어 있습니다'라고 적힌 스티커가 테이블마다 부착되어 있었는데, 서진은 그 스티커 위에 땅콩 봉지를 올려놓고 포장을 뜯은 다음 손에 들고 있던 맥주 캔을 땄다.

"왜?"

서진이 내 표정을 알아차리고는 말했다.

"아냐."

나는 쌘드위치 포장 비닐을 벗기다가 문득 포장 바닥에 붙어 있는 성분표를 유심히 읽어보았다. 밀가루, 백설탕, 탈지분유, 시즈닝, 복합인산염, 발효주정, 채종유, 잔탄검, 이.디.티.에이칼슘이나트륨(산화방지제), 등등. 뜻을 짐작할 수 있는 말도 있고 없는 것도 있었지만, 정확히 무엇인지 이해할 수 있는 건 몇 없었다. '이 제품은 메밀, 땅콩, 게, 고등어, 새우, 아황산류를 사용한 제품과 같은 시설에서 제조하였습니다.' 아황산류란 대체 뭘까? 발효주정의 맥락은 무엇일까?

내 등 뒤 테이블에 회사원 서넛이 앉아 있었다. 그중 한 명이 애플리케이션을 실행할 때 동의하라고 하는 게 왜 이렇게 많은 거냐고, 리듬게임이 자기 휴대폰 달력에 접근할 권한을 달라고 하는 이유를 모르겠다고 투덜댔다. 다른 동료가 그냥 동의하지 말라고 하자 회사원은 하나라도 동의하지 않으면 게임이 아예 시작이 안되니 방법이 없다고 대답했다.

우리는 말없이 각자의 앞에 놓인 걸 먹었다. 서진이 맥주를 한모금 마시고 창밖을 바라보았다. 어둠에 물든 유리가 거울로 변해 서진을 비췄다. 유리에 비친 그녀의 얼굴은 흐릿했고, 발밑에는 여전히 한점의 어둠도 없었다.

나는 주위를 둘러보았다. 나와 눈을 마주치는 사람은 아무도 없었다.

"눈치 안 봐도 돼."

서진이 말했다.

"아무도 신경 안 써. 오늘 여기저기 돌아다녔지만 아무도 날 안 봤어. 사람들은 다른 사람에게 보통 관심이 없잖아. 주목받을 짓만 하지 않으면."

나는 대답하지 않았다. 쌘드위치를 먹고 있어서가 아니라, 뭐라고 대꾸해야 할지 알 수 없어서였다.

사실 그럴 수는 없으니까.

물론 사람들은 종종 보고 싶은 것만 본다. 또는 보려고 하는 것만 본다. '보이지 않는 고릴라'라고 하는 유명한 실험이 있다. 유니폼을 입은 사람들이 농구공을 패스하는 동영상을 피험자에게 보여주면서 영상 속 사람들이 공을 몇번 주고받는지 세어보라고 지시한다. 피험자가 숫자를 세고 난 뒤 결과를 말하면 실험자는 혹시 고릴라가 지나가는 걸 보았느냐고 묻는다. 깜짝 놀란 피험자는 동영상을 다시 확인하고 나서야 고릴라 가면을 쓴 사람이 농구공을 주고받는 사람들 사이를 유유히 지나가고 있다는 사실을 알아차린다. 실험결과 피험자의 절반가량이 고릴라를 발견하지 못했다. 인간의 주의력이란 그런 것이다.

그러나 이는 바꿔 말하면 피험자 중 적어도 절반이 고릴라를 봤다는 뜻이기도 하다. 모두가 아무것도 보지 못할 수는 없다. 이 사람들 전부가 서진에게 조금도 신경을 쓰지 않는다는 것이 가능할까? 지금 내 앞에서, 실사 영화에 삽입한 애니메이션 캐릭터처럼 앉아 있는 그녀를? 하지만 서진의 말대로였다. 매장에 있는 사람들은 다들 그녀에게 무관심했다. 어림잡아 열댓명 정도가 테이블에 앉아 있고, 계속해서 사람들이 드나들고 있는데, 아무도 그녀에게 주의를 기울이지 않았다.

마치 서진을 애초에 보지 못하고 있기라도 한 것처럼.

그때 천장의 할로겐등이 깜박였다. 나는 위를 올려다보았다. 냉장고와 진열대의 형광등이 말을 더듬듯 꺼졌다 켜지길 반복했다. 텔레비전 화면이 깜깜해졌다. 담뱃갑에 바코드 스캐너를 갖다대던 아르바이트 직원이 당황하며 포스(POS)기를 확인했다. 계산대 앞에 줄을 서 있던 손님들이 불안한 표정으로 주위를 둘러보았다. 테이블에 앉아 이야기를 나누던 사람들이 조용해졌다.

깜박임은 잠시 뒤 멈췄다. 매장이 밝아졌다. 가벼운 안도감이 사람들 사이로 번지는 게 손에 잡힐 듯 느껴졌다. 점원이 담배를 계산했다. 사람들이 꿈에서 깬 듯 다시 움직였다.

"지금 이거, 나 때문이야."

서진이 말했다.

"이거라니?"

"이거. 정전. 정확히 말하면, 내 그림자 때문이야. 아마
도. 어쩌면. 분명히."

나는 서진을 바라보았다. 서진도 나를 보았다. 창밖에
경찰차 한대가 지나갔다. 어딘가에서 또 사고가 난 모양
이었다. 경광등 불빛이 그녀의 후드 안쪽을 스치듯 비추
고 지나갈 때, 유백색에 가까운 서진의 뺨이 불그스름하
고 푸르스름하게 일렁였다. 흑갈색 눈동자가 잔잔한 호수
에 뜬 공처럼 흔들렸다.

"그걸 어떻게 알아?"

나는 간신히 입을 열었다.

"그림자가 나한테 찾아왔었거든."

서진이 맥주를 다시 한모금 넘겼다. 그리고 만족스러운
얼굴을 했다.

"쫓아버렸지만."

아마 우리는 그 편의점에 무척 늦게까지 머무르며 이
야기를 했을 것이다. 아니면 식사(그걸 식사라고 부를 수 있다
면)를 마치고 곧바로 그곳을 나온 다음 지하철과 버스를
타고 그녀의 방으로 돌아가는 동안 대화를 나눴는지도 모

르겠다. 어느 쪽이건 이상할 게 없고, 솔직히 말하면 어느 쪽이건 상관없다. 그날 밤의 기억은 내게 문장만 떠오르고 줄거리는 잘 생각나지 않는 소설 같다. 때로 이야기 같은 건 아무래도 좋은 것이다. 하나의 문장, 불로 지진 것처럼 새겨지는 문장이면 충분하다. 마찬가지로 그날 밤 내게 중요했던 건 내 눈을 가득 채운 커다란 얼굴과, 그 입술에서 나오던 말, 그 말에 반응하는 나, 그것뿐이었다. 그날 밤의 서진은 지금도 내게 그렇게 남아 있다.

내 기억이 그렇게 된 건, 어쩌면 서진의 모습이 나 말고는 아무에게도 보이지 않아서였기 때문일지도 모른다. 그림자가 사라지자 서진은 나를 제외한 누구에게도 보이지 않는 존재가 된 것이다. 마치 가로등 불빛 바깥에 떨어진 열쇠처럼. 그것 또한 그림자가 사라졌다는 것만큼이나 선뜻 믿기지 않는 상황이었지만, 그렇지 않다면 거리와 편의점에서 마주친 사람들 중 누구도 서진을 주목하지 않았던 이유를 설명할 도리가 없다. 그리고 나는 그런 상황에 대응하면서 나만이 볼 수 있는 유일한 존재에 온 정신을 집중했고, 그외의 세상에는 어떤 주의도 기울이지 않았을 것이다. 평소보다 훨씬 더.

"그 일이 벌어지고 나서 방에서 꼼짝도 못했잖아."

서진이 말했다. 나는 고개를 끄덕였다.

"할 수 있는 일이 거의 없었어. 냉장고에 있는 음식으로 식사를 하고, 인터넷으로 뉴스를 보거나, 예전에 가입했던 커뮤니티에 들어가 새로 등록된 글을 찾아 보면서, 네가 퇴근할 때까지 기다리는 것 말고는. 그렇다고 글을 진지하게 꼼꼼히 읽었던 건 아냐. 그냥 멍하니 바라보는 게 전부였어. 그저 바깥세상과 나를 연결하는 최소한의 고리 정도는 손에 쥐고 있고 싶다는 기분으로. 정전 얘기도 그때 읽었어. 대수롭지 않게 넘겼지만."

그러던 중 취업 때문에 가입했던 인터넷까페 게시판에 오른 글 하나를 무심코 클릭했다. 제목은 '○○ 드라마 제작이 지연되는 진짜 이유(펌)'였는데, 익명의 작성자는 먼저 뉴스 기사 링크를 하나 달고 이것부터 읽고 나서 본론을 읽어달라고 부탁했다. 링크에 연결된 건 이틀 전 기사로, 중국과 일본에서 동시 방영을 목표로 제작중이던 드라마가 암초를 만났다는 연예계 단신이었다. 제작사 내부 사정으로 촬영 일정이 지연되면서 주연으로 출연할 예정이었던 한류스타의 스케줄까지 덩달아 혼선을 빚는 모양이었다.

이 단신 뒤에 더 깊은 사연이 있다는 게 작성자의 주장이었다. 명예훼손을 피하기 위해 알파벳 이니셜을 장군의 군복에 달린 훈장처럼 빽빽하게 붙여놓기는 했지만, 작성자는 이쪽 바닥에 대해 조금이라도 안다면 금방 누군지 알 수 있을 정도로 정보를 흘려놓았다.

해당 드라마 제작을 총괄하던 제작부장이 일신상의 사정으로 물러났는데, 실은 그건 부장이 혼자 키우던 고등학생 아들이 사고를 당해 위중한 상태에 빠져서라는 게 글쓴이의 주장이었다. 갑자기 일어난 정전 때문에 신호등이 꺼진 길을 건너던 중 보행자를 미처 발견하지 못하고 빠르게 달리던 차에 치인 것이었다. 부상 정도가 상당히 심각해서 사망할 수도 있었다. 풍문에 따르면 고등학생 소년의 아버지는 이름만 대면 다 알 만한 방송계 거물로, 그에게는 화목한 가정이 있다. 다시 말해 소년은 거물과 제작부장 사이의 사생아고, 부장은 싱글맘이라는 얘기였으며, 그 부장이 바로 서진을 면접한 사람이었다.

부장은 사고 후에도 자기 프로젝트니 끝까지 안고 가겠다는 의지를 피력했지만(즉 자기주장을 강하게 내세웠지만) 윗선에서는 난색을 표했다. 과연 그게 가능하겠느냐는 회의적인 시선이 대세였다고 했다. 회사 내부에서도 그녀 편을 드는 사람이 없었다. 평소 독단적인 일처리로 사내에 적이 많았고, 드라마 기획과 준비 과정에서도 다른 제작진과 마찰이 심했다. 무엇보다 사생활이 그런 식이면 곤란한 거 아닌가? 아무튼 이 일로 인해 현재 촬영이 '올스톱'된 상태고, 그래서 '우리 강배우'뿐 아니라 여타 관계자들 역시 상당히 난감한 상황에 빠졌다고 글쓴이는 글을 마무리 지었다. 그런 다음 긴 글을 읽기 귀찮아하는 대부분의 사람들을 위해 세줄 요약을 달았다.

서진은 게시물 밑에 달린 댓글도 모두 읽었다. 미친 것 같다. 자식이 그 꼴이 됐는데 엄마라는 인간이 일을 하겠다고 떼를 쓰다니, 애만 불쌍하다. 업계에서 성격 진짜 꼬인 사람으로 유명했는데 이제 이유를 알겠다. 안타까운 일이지만 부장이란 사람 평소 행실에도 문제가 있는 것 같다. 미혼모 차별은 아니지만 보기는 좀 그렇다. 애를 낳아서 키운 이유는 대체 뭘까? 혹시 아들을 미끼로 거물의 발목을 잡아 그 자리까지 올라간 게 아닐까. 솔직히 말해 내가 들은 얘기만으로 보면 그렇게 능력있는 줄은 모르겠던데. 문화예술계는 좌파가 많다. 사람들이 잘 모르는데 원래 좌파들이 불륜을 많이 저지른다, 등등.

서진은 인터넷 브라우저를 닫았다.

그런 다음 자기가 방금 느꼈던 만족감을 다시 곱씹었다.

"알아. 나쁘지. 남의 불행에 그런 마음이 들었다니. 하지만 그게 솔직한 심정이야. 이걸 너한테 숨기고 싶지 않아. 그래서 말하는 거야."

나는 대답하지 않았다. 서진은 상관없다는 듯 말을 이었다.

"아니, 좀더 정확히 말하면 있잖아…… 복수를 한 것 같았어. 이상하지. 나는 아무것도 하지 않았는데 그런 기분이 드는 게."

갑자기 가슴이 두근거렸다고 했다. 자석 주변에 철가루가 모여들 듯 어떤 생각이 꼴과 형태를 갖추기 시작했다. 부장에게 당한 모욕, 그후 사라진 그림자, 정전, 정전으로 인해 부장의 아들이 당한 사고. 그저 시간의 흐름에 따라 벌어진 일들일 뿐이었다. 그중 어떤 것도 다른 것과 연결될 수 있는 것처럼 보이지 않았다.

오로지 서진의 마음속에서만 그것들이 이어졌다.

내 그림자가 복수를 한 거야.

왜 그렇게 생각하느냐고 묻는다면 명확한 이유를 댈 수 없었을 테지만, 그녀는 확신할 수 있었다. 자기 집이 어딘지 아는 것만큼이나 분명하게.

누군가 현관문을 두드린 것이 그때였다.

서진은 화들짝 놀라 의자에서 떨어질 뻔했다. 이 시간에 그녀를 찾아올 사람은 없었다. 택배 같은 걸 시킨 적도 당연히 없다. 만약 나였다면 굳이 문을 두드릴 필요도 없다. 도어록 비밀번호를 알고 있으니까.

서진은 반응하지 않고 기다렸다. 복도에 있는 사람이 계속 노크를 했다. 종유석에 떨어지는 물방울처럼 규칙적이고 조심스러운 노크였다. 그러다 잠깐 멈추더니 같은 방식으로 서너번 더 노크를 했다.

이윽고 적막이 찾아왔다. 노크 소리는 더이상 들리지 않았다. 서진은 충분히 기다렸다가 현관으로 갔다. 호기심이 경계심을 이겼다. 그녀는 조심스럽게 문을 열고 복도를 슬쩍 내다보았다.

복도 끝에 난 작은 창문 앞, 햇빛이 들어와 하얗게 빛나는 사각형 앞에 검고 흐릿한 인간 모양의 형체가 서 있었다. 형체는 카드로 쌓은 탑이 바람에 흔들리는 것처럼 위태롭고 불안정하게 자세를 유지하고 있었고, 조금이라도 잘못 건드리면 금세 무너지고 흩어져버릴 것 같았다. 서진은 어째서인지 그 모습이 조금 처량하고, 심지어 서글퍼 보인다는 생각마저 들었다.

그것이 걸음을 떼고 몸을 뒤틀면서 성큼성큼 다가오기 전까지는.

그다음 일은 띄엄띄엄 기억났다. 엄청나게 큰 소리가 건물 전체에 울려퍼졌고, 서진은 문손잡이를 구명줄처럼 힘껏 붙들고 있었으며, 그 형체가 현관문을 도끼질하듯 두드려댔다.

잠시 뒤 서진은 문을 두드리는 건 없다는 사실을 깨달았다. 그녀가 듣고 있던 건 자기 심장이 고막을 때리는 소리였다.

"그러니까 나는,"

서진이 선언하듯 말했다.

"내 그림자를 거부한 거야."

침묵이 흘렀다. 나는 낮에 보았던 그림자를 떠올렸다. 벤치에, 아니 벤치의 그림자에 힘없이 앉아 있던 검고 가

날픈 형체. 주인에게 버림받은 분신. 나는 이 상황에서 가장 합리적이라고 생각되는 질문을 했다.

"왜 그랬어?"

"뭐가?"

"그림자. 왜 거부했냐고. 무서워서?"

"약간은. 하지만 그게 가장 큰 이유는 아니야."

"그럼?"

서진이 잠시 생각한 다음 말했다.

"그걸 직접 봤을 때 깨달았거든."

"뭘?"

"그게 없어서 내가 지금 행복하다는 사실을."

그 말을 들었을 때 내가 어떤 표정을 지었는지는 모르겠다. 기억나는 건 냉기가 옷 속을 파고들었다는 것뿐이다. 서진의 그림자가 사라진 그날 밤, 창문 너머로 들어온 냉기가 내 옷에 스며들었을 때처럼.

서진이 계속 말했다.

"처음에는 이해가 가지 않았어. 왜 내게 이런 일이 일어난 건지."

가장 큰 변화는 정신이 아니라 육체에서 일어났다. 몸이 가벼워진 듯한 그 기분. 체중이 줄었을 때의 느낌과는 닮은 데가 하나도 없는 야릇한 가벼움. 그건 차라리 무언가가 덜어내어졌다는 느낌에 더 가까웠다. 크림을 덜어낸 케이크처럼, 음표를 덜어낸 악보처럼, 글자를 덜어낸 책처럼, 자신과 불가결의 관계를 맺고 있던 무언가가 빠져버린 것 같았다.

말도 못하게 무서웠다.

"너와 같이 있을 때는 괜찮았어. 안심도 되고."

하지만 그 나머지 시간 동안 서진은 바닥없는 구멍에서 끝없이 낙하하는 듯한 공포에 시달려야 했다. 무엇보다, 자신에게 벌어진 일의 의미를 알 수 없다는 사실이 그녀를 괴롭혔다. 병에 걸린 것도, 몸의 일부를 잃은 것도 아니다. 육체적인 고통에 시달리지도 않는다. 하지만 무언가 빠져나갔고, 그로 인해 커다란 변화가 생겼다. 이건 뭘까? 지금 이 상태는 도대체 무엇일까? 죽음과 삶의 중간인 걸까? 뭐라 이름 붙일 수 없는 상실감이, 살얼음이 낀 호수 한가운데 서 있는 것 같은 긴장과 고독이 그녀를 에워쌌다.

"버텨야 한다. 그 생각 말고는 할 수 없었어. 하긴 그거야 내가 늘 해왔던 거니까, 근본적으로는 변한 게 없었던 건지도 모르지만."

"버틴다고? 네가?"

"응. 내가."

서진이 고개를 끄덕였다.

"난 널 버티는 사람이라고 생각해본 적이 없는데."

내가 말했다.

"너는 늘 열심히 자기 길을 찾는 사람이지. 계속 노력하고, 어려움을 회피하지 않아. 넌 그런 사람이야. 그 자리에서 할 수 있는 건 다하지. 하지만 결단이 서면 미련 없이 행동하고 후회도 안해. 그 공기업 인턴 때도 그랬잖아."

서진이 미소를 지었다.

"그렇게 생각해?"

"당연하지."

"하나도 모르는구나, 정말로."

나는 바늘에 옆구리를 찔린 것처럼 움찔했다. 서진이 물었다.

"정말 내가 내 길을 찾아 거기서 나온 거라고 생각해? 만약 그게 내가 그저 버티지 못한 것뿐이라면 어떨까?"

나는 대답하지 않았다. 서진이 계속 말했다.

"못 버틴 거야. 더 버텨야 했는데. 세상 이치가 원래 이런 것이라고 납득하고, 내 자리에 들어올 운 좋은 아이의 행운을 빌면서, 날짜에 맞춰 얌전히 짐을 싸고 나왔어야 했는데. 버틴다는 건 그런 거야. 견디고, 감내하고, 스스로 납득하고, 그래도 혹시 응어리진 부분이 남아 있으면 다리미로 깔끔히 편 다음에 잊어버리는 거. 하지만 나는 버틸 기운이 없었어. 참을 수가 없었던 거야. 나중에 이 짓이 내 발목을 잡을지 모른다는 사실을 알고 있었는데도 못 버틴 거라고. 차이를 알겠어? 노력하다 실패하는 건 괜찮아. 최선을 다했으니까. 아쉽지만 어쩔 수 없다고 생각하지. 하지만 버틴다는 건 어느 쪽으로든 힘들어. 버티다 실패하면 어떤지 알아? 허무해져. 이게 뭐지? 겨우 이렇게 될 거, 뭐 하러 버텼던 거지? 그렇다고 애초에 안 버텼다면 어떻게 됐을까? 자책감만 남았을 거야. 왜 더 버티지 못했을까. 내가 여기까지밖에 못 견디는 사람인가."

어딘가에서 길고양이 우는 소리가 들렸다. 그랬던 것 같다.

"네가 나한테 물어봤잖아. 그날 무슨 특별한 일이 없었나고. 난 없었다고 했어. 기억나?"

서진이 말했다.

"응."

"맞아. 특별한 일은 없었어. 하지만 특별한 감정은 있었어."

"어떤 감정?"

서진이 고개를 숙이고 잠시 생각에 잠겼다가 다시 나를 보았다.

"면접 때 있잖아, 부장이 내 옛날 상사 얘기로 나를 공격할 때 그런 생각이 들었어. 아, 내가 그때 버티지 못한 벌을 이제 받는 거구나. 아무리 힘들고 괴롭고 마음이 상해도 한달만 조용히 참고 지나갔으면 지금 이런 일을 당하지는 않는 건데. 그걸 버티지 못하고 함부로 입을 놀렸다가 이렇게 벌을 받는 거구나."

그때 마음 깊은 곳에서 설명할 수 없는 증오가 끓어올랐다고 했다. 채찍처럼 매섭고 폭풍처럼 격렬한 증오, 스스로 놀랄 만큼 격렬한 증오가.

하지만 그건 특정한 대상을 향하는 증오심이 아니었다. 부장에게, 면접관에게, 지원자에게, 그 시간에 회사 건물에 있던 모두에게, 심지어 자기 자신에게, 더 나아가 그녀가 앉아 있는 그 장소와 그녀가 그때 통과하고 있던 시간에까지, 모든 것을 먹잇감으로 삼으려 날뛰는 거대한 짐승 같은 증오심이 그녀의 거죽을 찢고 뛰쳐나가려 버둥거렸다. 피부는 타버릴 듯 뜨거운데 혈관에는 얼음물이 흘렀고, 눈앞이 흐려지면서 분노가 펄떡였다. 지금 눈앞에 보이는 모두가 피를 토하며 뒹굴다 죽어도 눈 하나 깜짝 않을 것 같았다.

면접이 끝나고 나서도 마음에서 계속 꿈틀거리던 증오심을 억누르느라 회사 건물을 나올 때는 삶은 시금치처럼 축 늘어져 있었고, 그 상태로 거리를 돌아다니는 도중에 언제인지는 몰라도 그림자를 잃어버렸다.

또는, 그림자가 스스로 떨어져 나갔다.

그것이 서진이 내린 결론이었다. 자신이 순간 품었던 끓어오르는 증오가 그녀의 몸에서 그림자를 분리해버린 것인지도 모른다. 마치 접착제로 붙여놓았던 이음매를 열을 가해 떼어내듯이. 다만 그건 어디까지나 그녀의 짐작이었다. 아니, 짐작조차도 되지 못하는 막연한 느낌에 불과했다.

오늘 오전까지는.

눈앞에 나타난 자기 그림자를 봤을 때, 서진은 그림자가 자기에게 도로 돌아오는 걸 자기가 원치 않는다는 사실을 깨달았다. 그건 그림자인 동시에 그녀가 품고 있던 어둠이었다. 주인을 모욕한 자에게 기꺼이 앙갚음하는 어둠. 그러나 더는 필요치 않은 어둠.

그렇게 생각하자 혼란이 정리되며 의미가 출현했다. 서진이 찾아마지않던 의미. 그녀는 어둠에서 해방된 삶을 살 기회를 얻은 것이었다. 시야가 트이고 길이 보였다. 허우적거리며 낙하하던 영혼이 중심을 잡았다. 마음이 편안해졌다. 삶이 다른 관점에서 다가왔다. 지금껏 중요하게 생각했던 것이 사소해졌다.

서진은 행복해졌다.

"오늘 그걸 봤을 때……"

서진이 말했다.

"잘려나간 머리카락 같았어. 낯설고, 지저분하고. 나, 지금 이 상태가 정말 좋아. 내 인생에서 이렇게 만족스럽고 편안했던 적이 없어. 그 때문에 누가 다쳤고, 사람들이 불편을 겪는다는 걸 알아도 그래. 이런 생각을 하는 내가 괴물 같다고 해도 좋지만, 앞으로도 계속 이렇게 살고 싶어."

서진이 후드를 내렸다. 백지에 떨어진 먹물방울 같은 두 눈동자가 나를 빤히 바라보았다.

정말로 아름다워 보였다.

하지만 그건 내가 그녀에게서 늘 봐왔던 생기 넘치는 아름다움이 아니었다. 옛날 흑백영화 속 배우에 매혹된 채 넋을 놓고 있다가 그 배우와 내가 한 시공간에 절대 같이 있을 수 없다는 사실로 인해 문득 느끼게 되는, 언제든 사라져도 이상하지 않을 아득한 아름다움. 그런 아름다움이었다.

심지어 이제는 나 말고는 볼 수 없는 아름다움.

"내 마음이 이해가 돼?"

서진이 물었다.

나는 대답하지 못했다. 나는 완전히 착각하고 있었다. 서진은 아무것도 잃지 않았다. 오히려 지금 그녀는 뭔가를 얻었다. 내 돌봄 같은 건, 내 방법 같은 건 애초에 필요하지도 않았다. 보일러 때 그랬던 것처럼, 그녀는 스스로 해결책을 찾아냈고, 스스로 난관을 넘었다.

그렇다면 대체 잃어버리게 되는 건 무엇이란 말인가?

내 머릿속에 밥솥머리의 담당자가 했던 말이 떠올랐다. 정확히 무엇인진 몰라도 아무튼 잘 움직이기만 하면 그걸로 되는 걸까요?

7

✳

　정전은 계속 일어났고, 정전만 일어나지도 않았다.

　야산을 등지고 조성된 한 빌라 단지에서는 정전이 일어
났을 때 산에서 정체불명의 소음이 들리는 바람에 주민들
이 잠을 설쳤다. 소음은 폭발음 같기도 하고, 망치로 철판
을 두드리는 소리 같기도 했다. 빌라 주민이 정전 당시의
동영상을 찍어 유튜브에 올렸다. 요란하게 쿵쾅거리는 소
리가 어둠속에서 울려퍼졌다. 매설된 가스관이 폭발했다,
산사태의 전조다 등의 추측이 중구난방으로 제기되었다.
지역 경찰서와 구청에서는 다각도로 원인을 조사 중이라
고 밝혔지만 뚜렷한 대답을 내놓지 못했다.

　냄새도 사람들을 괴롭혔다. 전기가 나가 불 꺼진 건물
과 컴컴해진 방에서 참을 수 없는 악취가 난다는 신고가

소방서에 잇따라 접수되었다. 악취 피해를 입은 사람이 자기가 겪은 일을 음식 사진 커뮤니티 게시판에 써서 올렸다. 집 안 전체에서 곰팡이가 썩은 계란을 먹고 내뱉은 트림 같은 냄새가 났고, 견딜 수가 없어서 밖으로 나갔다고 했다. 그 글에 따르면 방진용 마스크를 쓴 소방관이 현장을 돌아본 다음 이건 환기를 시켜도 소용없고, 전기가 들어올 때까지 기다리는 수밖에 없다고 말했다고 했다. 전력이 복구되면 냄새도 자연히 사라진다는 것이었다. 해당 소방서에서는 보도자료를 배포하여 소방관이 그런 비합리적인 해결책을 제시했다는 사실을 부인했다.

사고도 빈발했다. 백화점 옥상에 설치된 회전목마가 갑자기 멈추는 바람에 목마에 타고 있던 할아버지가 떨어져 팔이 부러졌다. 손자들 앞에서 사진 포즈를 잡는다고 두 팔을 놓았을 때 벌어진 일이었다. 비슷한 일이 헬스클럽에서 러닝머신 위를 달리던 여자에게도 일어났다. 여자는 뇌진탕으로 입원했다. 쇼핑몰 엘리베이터에 세시간을 갇혀 있던 중국 관광객들이 탈수 증세로 병원에 실려 갔다.

소형 가솔린 발전기가 만만찮은 가격에도 동이 났다. 랜턴용 대형 건전지 재고가 바닥났고 촛불 매출도 덩달아

올랐다.

유감스러운 일만 벌어진 건 아니었다. 어둠은 종종 감옥이지만, 누군가에게는 열쇠가 될 수 있다. 알코올중독자 어머니에게 학대당하던 여섯살 여자아이가 정전을 틈타 탈출에 성공했다. 아이는 맨발로 거리를 헤매다 불이 켜져 있던 편의점으로 들어가 호빵을 먹고 싶다고 했다. 씨씨티브이에 찍힌 그 장면은 전국에 방송되었다. 신고를 받은 경찰이 여자아이의 집에 들이닥쳤을 때, 아이의 어머니는 동생을 먼저 내보내다 탈출에 실패한 오빠를 대걸레 자루로 두드려패던 중이었다.

사태가 여기까지 이르자 전력당국에서도 더이상 팔짱만 끼고 있기는 어렵게 되었다. 대책회의가 열렸고, 책임자가 기자회견장에 나타났다. 책임자는 현재 정전이 자주 일어나는 지역을 중심으로 긴급점검에 주력하고 있다고 밝혔다. 현 상황이 언제까지 지속될지는 장담할 수 없지만 최선을 다해 원인 파악에 나서고 있으며, 일각에서 정전과 관련된 확인되지 않은 루머가 퍼지고 있지만 그중 어떤 것도 사실이 아니라고 해명한 다음 국민 여러분께서는 불안해하지 마시고 평소와 다름없는 일상을 유지하시길 바란다고 당부했다.

"그 일상이란 게 유지가 돼야 말이지."

팀장이 투덜거렸다.

신입이 전화를 걸어 병가를 냈다. 어지럼증이 심해져서 침대에서 꼼짝도 못하겠다고, 가만히 누워만 있는데도 팽이를 탄 기분이라고 하면서 병원에 다녀오겠다고 했다. 병원까지 갈 수는 있겠느냐고 내가 묻자 안되면 구급차라도 부르겠다고 대답했다.

"내 친구도 그렇던데."

점심시간에 한 팀원이 말했다.

이비인후과를 찾는 사람이 부쩍 늘어난 모양이었다. 의사들이 듣는 하소연은 비슷했다. 집에 있다가, 밖에 있다가, 길을 걷다가 별안간 정전이 닥쳐 사방이 컴컴해지면 발밑이 물침대처럼 물컹거리면서 무릎이 푹푹 빠지는 듯한 느낌에 휩싸인다고 했다. 심할 경우는 시야가 좁아지면서 방향감각을 잃어버리기도 했다. 의사들이 내리는 결론도 비슷했다. 검사결과가 깨끗한 것으로 보아 **심리적인 문제**일 가능성이 크므로 우선은 잘 먹고 푹 쉬면서 경과를 보자고 했다.

"몇번 그러고 나니까 어둠이 무섭다면서 아예 방 불을 켜놓은 다음 안대를 쓰고 잔대요. 수면제 처방도 받았더라고요."

팀원이 말했다.

"그래서 물어봤어요. 어두운 게 무섭다면서 안대는 왜 끼냐고. 이상하잖아요. 그러니까 뭐라는지 알아요? 자는 도중에 정전이 일어나서 방 불이 꺼지는 꼴은 보고 싶지 않대요. 어둠을 보고 싶지 않아서 눈을 가린다는 거죠."

"애매하게 설득력 있네."

팀장이 말했다.

그때 천장 전등이 꺼졌다. 식당에 있던 사람 전부가 위험을 감지한 미어캣 무리처럼 동시에 고개를 들어 위를 보았다. 잠시 뒤 다시 불이 들어왔고, 종업원이 테이블을 돌며 실수로 전등 스위치를 눌러서 죄송하다고 손님들에게 사과했다.

"방공호에 대피했는데 언제 머리 위에 폭탄이 떨어지나 마음 졸이는 심정이에요."

다른 팀원이 말했다.

"매일 이러니까 못살겠어, 진짜."

"사는 게 전쟁이잖아요."

안대 친구를 둔 팀원이 묘하게 핀트가 어긋나는 대답을 했다.

대화는 정전의 원인을 밝히려면 외국에서 사람을 데려와야 하는 거 아니냐는 쪽으로 흘러가다가 새로 방영을 시작한 수목드라마에 안착했다. 천사의 저주로 마력을 잃은 악마가 인간 세상에 내려와 패션업계에 뛰어들면서 벌어지는 이야기로, 한때 내부 사정으로 제작이 중단될 뻔했다는 설이 돌았던 작품이었다.

"그랬으면 큰일날 뻔했죠. 우리 강배우 진짜 악마 배역이 몸에 딱 맞잖아요."

배우의 팬인 다른 팀원이 흐뭇한 표정을 지으며 말했다. 나는 건성으로 고개를 끄덕이면서 휴대폰을 만지작거렸다.

서진에게 보낸 문자에 오늘도 답장이 오지 않았다.

그날 이후 서진은 거리낌 없이 밖으로 나가기 시작했다. 퇴근한 뒤 찾아가면 방이 비어 있는 경우가 잦았다. 나는 방에서 그녀를 기다리면서 전화를 걸거나 문자를 보냈다. 그녀는 전화를 잘 받지 않았고, 문자에 대한 답장은 없거나 늦었다. 그러다 밤이 깊어지면 만족스러운 표정을 지으며 돌아왔다. 내가 준비해둔 저녁을 데워 내놓으면 서진은 식사를 하면서 자기가 그날 보고 들었던 것들을 하나하나 빠짐없이 이야기했다. 대개, 아니 거의 전부가 사소한 것들이었다. 하루는 내게 다리 난간에 서서 해가 저무는 걸 끝까지 보았다고, 하늘이 복숭아 껍질을 조심스럽게 벗겨내듯 천천히 빛깔을 바꾸며 어두워지는 풍경이 정말로 감동적이고 놀라웠다고 말했다. 그런 광경을 끝까지 볼 여유를 지금껏 한번도 누려본 적이 없었다고 했다.

"한시도 눈을 떼면 안 돼."

서진이 미소를 지으며 말했다.

나는 서진을 유심히 바라보았다. 그녀가 점점 더 엷어지고 투명해지는 듯 보이는 게 나만의 착각일까? 나를 바라보는 그녀의 얼굴 뒤로 침대와 책상의 윤곽이 희미하게 비치는 건 그저 내 불안이 자아낸 환각일까? 그럴 거다. 내 몸 위에 올라탄 채로 내 가슴을 천천히 쓸어내리는 그녀의 손은 여전히 부드러웠고, 허리를 굽혀 내 입술을 누르는 그녀의 입술에서는 따스하고 달콤한 숨결이 흘러나

왔으니까.

오히려 전보다 더 부드럽고, 더 아찔해진 것 같았다.

두려울 정도로.

사실상 우리는 같이 살고 있었다. 서진의 방에서 자고 회사로 출근하는 것이 내게는 새로운 일과가 되었다. 우리의 몸은 그 어느 때보다 가까이 붙어 있었다. 나는 느낄 수 있었다. 그녀가 자기 몸에 나를 들일 때, 내 등을 두 손으로 꽉 움켜쥐고 신음을 토하면서 나를 놓아주지 않을 때 확실히 느낄 수 있었다. 그녀와 내가 점점 더 멀어지고 있다는 걸. 서진은 오로지 자기 자신에게만 집중하고 있었다. 평생 처음으로 얻은 완벽한 행복을 만끽하고 있었다. 나는 서진이 자기가 사람들에게 보이지 않는다는 사실을 알고 있을지 궁금했다. 나는 그녀에게 그 점에 대해 묻지 않았다. 하지만 그녀가 그 사실을 알고 있건 모르고 있건 조금도 개의치 않으리라는 건 분명했다.

"정전이 계속되나봐."

어느날 밤 내가 용기를 내 말을 꺼냈다.

"알아."

서진이 말했다. 그런 다음 말없이 나를 보았다. 그녀의 표정을 읽을 수가 없었다. 나를 꿰뚫을 것처럼 빤히 보고 있는데도.

"네 그림자를 데려와야 할지도 몰라."

"어떻게?"

"그건 모르겠어."

나는 솔직히 인정했다.

"그게 돌아오면, 나는 다시 불행해질 거야."

서진이 말했다. 나는 잠시 생각한 다음 물었다.

"나랑 같이 있어도?"

그녀는 대답 대신 내 손을 잡고 끌어당겼다.

"난 지금이 행복해."

그녀가 내 옷을 벗기며 말했다.

팀원들과 점심을 먹고 회사로 돌아오는 길에 전화가 왔다. 아버지였다. 모레 토요일에 있을 고종사촌형 결혼식에 참석하는 거 잊지 말라는 얘기를 다시 하려고 연락했다는데, 나는 처음 듣는 소리였다.

"결혼식 작년 아니었어요?"

"그건 둘째고."

"그 형한테 동생이 있었어요?"

"나 웃기려는 거라면 애썼다."

아버지가 말했다.

"네 여자친구도 시간 되면 데려오고."

"아."

나는 더듬는 티를 내지 않으려고 재빨리 말했다.

"일단 물어볼게요. 바빠서 어려울 수도 있어요."

회사에 도착하자 부장이 팀장을 호출했다. 잠시 뒤 팀장이 심각한 얼굴로 나를 불렀다. 우리는 옥상의 우리 구역으로 올라갔다.

"지난번에 갔다 온 거래처 있잖아."

팀장이 말했다.

"네."

"그날 담당자하고 무슨 얘기 했어?"

"아스피린요."

"또?"

"특별히 이상한 말을 한 건 없는데요. 그쪽이 뭐라고 한 건 있지만."

내가 밥솥머리의 담당자가 했던 이야기를 들려주는 동

안 팀장은 묵묵히 귀를 기울였다.

"그게 다야?"

"무슨 일인데 그러세요?"

"그 사람 사라졌어."

나는 멍하니 팀장을 바라보았다.

"그저께부터 출근하지 않았대. 집에서도 어디 갔는지 모른다고 하고.

"경찰에 신고해야죠."

팀장이 대답하지 않았다. 묵직한 봇짐 같은 구름이 흐린 하늘에 걸려 있었다. 빌딩을 통과하는 동안 난폭해진 바람에서 건조한 냉기가 몰아쳤다.

"그게 좀 곤란해."

팀장이 말을 이었다.

"프로젝트와 관련된 서류를 전부 다 들고 사라졌어. 우울증 알고리즘 관련 문서들 말이야. 계약서, 메일로 보낸 파일, 통화 녹취. 그래, 그쪽에서 우리랑 한 통화를 전부 다 녹음했더라고. 망할 놈들. 아무튼 그건 나중에 따지고, 오늘 오전에 그 담당자 로그 기록을 살펴봤는데 문건을 USB로 옮겨서 저장한 흔적이 나온 거지. 그쪽 감사팀에서 그 사람 책상을 뒤지다가 이런 걸 찾았대. 찾은 것도 아니지. 서랍을 열자마자 보란 듯이 놓여 있었다니까."

팀장이 자기 스마트폰을 내밀었다. 액정에 문자메시지로 전송받은 사진이 떠 있었다. 나는 사진을 살펴보았다. 무선 노트 위에 휘갈겨 쓴 글씨로 선언조의 문장이 적혀 있었다.

내 미래를 너희들 뜻대로 정하도록 방관하지 않겠다.

나는 스마트폰을 돌려줬다. 팀장이 팔짱을 꼈다.

"우울증이었나봐. 회사에선 몰랐고. 뭐가 문제인지 알겠지? 그 서류와 녹취가 밖으로 새어나가면 그쪽뿐 아니라 우리 입장도 상당히 곤란해져. 신문이나 방송에 넘기면 더, 상당히, 아주, 정말, 죽도록 곤란하고."

팀장이 말을 이었다.

"그쪽에서는 우리 쪽에서 그 사람에게 뭔가 말을 잘못한 거 아니냐, 사람을 이상하게 부추기거나 모욕한 거 아니냐, 그런 의심을 하고 있어. 자기들 편에서는 아무런 문제가 없었다 이거지. 근무도 성실하게 했고, 트러블도 없었고."

나는 입술을 살짝 깨물었다. 담당자가 그때 정확히 어

떤 표정을 지었는지, 말투는 어땠는지, 나를 바라보던 눈길에 어떤 감정이 깃들어 있었는지 곰곰이 생각해보았다. 아무것도 떠오르지 않았다. 생각날 리가 없었다. 그는 일 때문에 만난 사람일 뿐이었고, 나는 내 할 일을 했을 뿐이었다.

"한시간 뒤에 그쪽 감사팀이 여기로 올 거야."

팀장이 말했다.

"몇가지 묻고 싶은 게 있대. 그냥 솔직히 대답하면 돼. 자기가 특별히 잘못한 건 없으니까. 우리가 거래처 직원 병력까지 챙기면서 일할 수는 없는 거잖아. 하지만 문제가 생긴 건 사실이니까 업무에서 일단 손을 떼는 게 좋을 것 같아."

나는 고개를 끄덕였다. 다시 바람이 불었다. 팀장이 주머니에서 담배를 꺼내 불을 붙였다.

"담배 피우셨어요?"

내가 놀라서 말했다.

"애 낳고 끊었어. 5년 됐는데 세상이 또 이걸 물게 만드네. 피울래?"

"안 피워요."

나는 5년 전에 담배를 끊은 사람이 대체 어떻게 즉시 주머니에서 담배를 꺼낼 수 있는지 묻고 싶었지만 참았다. 팀장이 바람에 흩어지는 연기에게 말없이 작별인사를 하고는 나를 보았다.

"자기 할아버지께서 살아 계셨으면 이것도 내다보셨을까?"

정보기관은 자신들의 업무를 점을 잇는 작업에 비유한다. 점과 점을 이으면 선이 생겨나고, 그 선이 자신들을 스파이와 테러리스트에게 인도한다는 것이다. 따라서 그들은 가능한 한 모든 점을 체크해야 한다고 주장한다. 감시할 수 있는 모두를 감시하여 신호와 잡음을 가려내야 한다는 것이다. 문제는 일이 터지기 전에는 그 점이 진짜 점인지 알 수 있는 방법이 없다는 데 있다. 의미는 사후적으로 완성된다. 나중에 생각해보면 도무지 착각할 이유가 없는 뚜렷한 징조였던 것이 당시에는 의미 없는 해프닝처럼 보일 수 있다. 그 반대도 마찬가지다.

지금 와서 돌이켜봐도 정전, 그리고 정전과 더불어 일어난 사건들이 우리가 짐작할 수 없는 무언가를 암시하는 신호였는지, 아니면 서진의 그림자가 만들고 다닌 잡음이었는지는 여전히 잘 모르겠다. 둘을 구분하기란 생각만큼 쉽지 않다. 숙련된 분석가들도 패턴을 착각하고 맥락을 헛짚는다. 그들은 점을 따라가면서 선을 긋는데, 종종 그건 점이 아니라 함정으로 밝혀진다. 어떤 잡음은 무시할 수 없을 만큼 크다. 어떤 신호는 옷깃에 돋은 보풀만큼이나 미미하다.

끝내 뭐라 말할 수 없는 사건도 있다. 그런 사건은 한밤중에 들리는 흐느낌 같다. 나직하지만 절대 그냥 지나칠 수 없다. 그건 신호일까, 잡음일까?

내 입장에서 말할 수 있는 건, 할아버지의 예언은 빗나간 적이 없다는 사실뿐이다. 그렇지 않다면 지금 내가 이런 이야기를 하고 있을 이유가 없으니까.

지금부터 얘기할 것은 어떤 뉴스에도 나오지 않았지만 아는 사람은 모두 아는 일이다.

사건이 벌어진 뒤 신문과 방송이 취재를 했다. 경찰에서도 승객과 기관사를 비롯한 관계자들을 철저히 조사했다. 하지만 신문사와 방송국은 보도를 하지 않기로 결정했고, 경찰은 이 일을 사건이 성립하지 않는 것으로 간주하기로 했다. 당시에는 인터넷에 꽤나 많은 목격담과 사진이 올라왔지만 얼마 지나지 않아 당사자들이 자기 글을 직접 지워버려서 지금은 거의 남지 않았다. 구글에 남아 있는 흔적을 복구하면 다시 읽을 수는 있겠지만 굳이 그러려는 사람은 별로 없을 것이다.

간단히 말해, 이건 모두가 잊어버리기로 한 일이다.

모월 모일 밤 10시 30분경, 모 지하철역에서 5***번 전동차가 출발했다. 5***번 전동차는 지하에서 달리다가 곡선구간을 통과한 뒤 지상으로 진입하여 경기도 외곽으로 향하는 노선에서 운행되는 차량으로, 해당 노선은 내가 할아버지의 보석상을 찾아갈 때 이용한 노선이기도 했다.

전동차는 평일 밤이라는 사실을 감안해도 한산한 편이었다. 나중에 경찰에서 진술한 바에 따르면, 승객들은 터널을 통과하던 중 열차 천장 형광등이 심하게 깜박이자 또 정전인가 싶어 잠시 불안했지만 이내 정상으로 돌아왔기 때문에 그리 신경을 쓰지는 않았고, 그외에는 딱히 별다른 낌새 같은 건 느끼지 못했다고 했다.

모두에게 그저 또 하루의 귀갓길일 뿐이었다. 야근을

마치고 고시원으로 돌아가면서 휴대폰 게임에 열중하는 직장인, 종일 까페에 엉덩이를 붙이고 있던 취업준비생, 인스타그램에 올라온 친구들 사진에 답글을 달던 대학생, 연인을 집까지 바래다주려고 같이 지하철을 탄 남자, 병원에 입원한 시어머니를 간병하다 집으로 돌아가던 주부, 자기가 반대 방향으로 가는 열차를 탔다는 사실을 몰랐던 취객.

전동차는 어둠속을 덜컹거리며 나아갔고, 그렇게 달린 지 약 20분 뒤 곡선 터널을 벗어나 지상으로 올라갔다.

기관사는 경찰 조사에서 운행 도중 특별히 이상한 점을 감지하지 못했다고 진술했다. 앞 역을 출발하고 잠시 뒤, 지하의 컴컴함과는 다른 명도를 가진 바깥의 어둠이 터널이 끝나는 표식인 양 희끄무레하고 둥그렇게 저 멀리에 보였다. 운행은 정상적으로 이루어졌으며, 계기판에도 아무 이상이 없었다.

전동차가 터널을 지나는 동안 기관사가 잠깐 딴생각을 하기는 했다. 아파트 경비원이었던 기관사의 아버지가 동대표에게 폭언과 폭행을 당해 두개골 골절로 병원에 입원했는데, 관리업체에서 기관사의 가족에게 합의를 종용하는 중이었다. 일을 크게 만들지 말자는 것이었고, 이것저 것 따져보면 그게 합리적인 해결책인 것이 사실이었지만, 기관사는 울분과 현실 사이에서 무엇을 선택해야 할지 고 민스러웠다.

어쨌든 기관사는 뜻밖의 상황에서 현명하고 침착하게 대처했다. 급제동을 하지도 않았고, 당황해서 손을 놓지도 않았다. 평소 하던 대로 속도를 천천히 늦추면서 플랫폼 에 맞춰 깔끔하게 열차를 세웠다.

처음 보는 역에.

원래대로라면 터널을 벗어나자마자 네온사인이 번쩍이 는 건물들이 보여야 했다. 철로 옆 도로에서 버스와 택시 와 승용차가 달리고 있어야 했다. 그러나 어둠을 빠져나 가는 순간 나타난 것은 왼쪽에는 강변을 따라 개통된 고 속화도로를 전속력으로 질주하고 있는 자동차, 오른편에 는 상록수가 울창하게 우거진 낮은 산이었다.

그리고 눈앞에는 철로만 깔려 있을 뿐 아직 완공되지 않 은 플랫폼이 있었다. 반년 뒤 개통 예정인 역의 플랫폼이.

승객들 역시 당황하여 밖을 내다보았다. 전동차가 정 차했지만 문은 열리지 않았다. 객차에 설치된 스피커에서 기관사의 헛기침이 들렸고, 뒤이어 안내방송이 나왔다. 승객 여러분. 우리 열차는 현재…… 다소 **불분명한** 상황에서 정차하였습니다. 다시 방송이 나올 때까지 침착하게 앉아서 기다려주시기 바랍니다.

아무도 기다리지 않았다. 승객들은 비상밸브를 돌려 문을 강제로 열고 밖으로 쏟아져나왔다. 잘 연마된 금속의 표면처럼 차갑고 맑은 밤이었다. 달은 없었지만 별은 반짝였다. 멀리서 물비린내가 은은하게 풍겨왔고, 산에서 떨어지는 바람이 사람들의 머리를 쓰다듬고 지나갔다.

누군가 길게 비명을 질렀다.

8

분식집 라면은 라면의 이데아라 할 수 있고, 거기에 도달하는 데 가장 중요한 건 화력이다. 인터넷에 별의별 방법이 떠돌아다니고 있고, 텔레비전에서도 전문가라는 사람들이 떠들어대지만 다 소용없다. 스프를 먼저 넣느냐 면을 먼저 넣느냐 하는 논쟁은 탁상공론일 뿐이다. 뭘 먼저 넣건 화력이 없으면 결코 그 맛은 나올 수 없다. 다시 말해 우리는 일상 속에서 라면의 이데아에 도달할 수 없다. 다만 거기에 가장 가까이 가는 방법은 있다.

이상이 내가 서진의 방 가스레인지 앞에 서서 냄비에 물을 끓이며 한 얘기였다.

"그 방법이 뭔데?"

"공기야."

내가 말했다.

"면이 끓는 동안 공기에 계속 접촉시켜야 돼. 젓가락으로 들어올려서. 그럼 면이 쫄깃해져. 온탕 냉탕 작전인 거지. 계속 면을 괴롭혀야 돼."

"그렇게 말하니까 되게 잔인하게 들린다."

"최고의 맛을 위해서는 어쩔 수 없어."

내가 수프를 풀어넣으며 말했다.

서진이 두번째 면접에서 떨어지고 난 며칠 뒤 저녁이었다. 그녀가 자기소개서를 읽어봐달라고 나를 불렀다. 장을 좀 봐갈까, 했더니 냉장고에 먹을 게 많다고 해서 빈손으로 갔다.

많기는 했다. 먹을 게 없다는 게 문제긴 했지만. 치즈와 버터와 케첩과 머스터드소스, 갈변한 바나나, 유통기한이 지난 햄과 우유, 계란 두알, 반쯤 먹은 통 아이스크림과 맥주, 생수통, 뭔지는 모르겠지만 아무튼 물컹한 게 들어 있는 검정색 비닐봉지.

나는 맹수를 다루는 조련사처럼 침착하게 대처했다. 음식물쓰레기를 정리한 뒤 설거지를 하고 가까운 편의점으로 달려갔다. 삼각김밥을 먼저 고른 다음, 뭔가 하나는 손으로 조리한 게 있어야 할 것 같아 컵라면 대신 봉지라면을 샀다.

"오."

라면 맛을 보자 서진이 말했다.

"나가서 팔아도 되겠다."

"그래?"

나는 얼굴이 붉어지는 걸 감추려고 고개를 숙이며 말했다.

"사실 공기도 공기지만 타이밍도 중요하거든. 이건 경험을 쌓아야 하는 문젠데, 젓가락으로 젓다보면 느낌이 와. 아, 이 정도면 되겠다, 하는……"

"나중에 라면가게 낼까?"

"같이?"

"일단 돈 좀 모으고. 이력서 어때?"

"괜찮던데? 나라면 서류는 뽑겠어."

"실은 내 생각도 그래."

서진이 김밥 포장을 뜯으며 말했다.

"이번에 갔던 데 있잖아, 압박면접을 했어. 본인들 주장에 따르면 그래."

"본인들 주장이라 이거지."

"자기네 회사는 관상을 본대. 그러면서 나보고 코 좀 손볼 생각이 없냐고. 코만 괜찮으면 완벽할 거라는 거야."

"그래서?"

"내가 뭐라고 했게?"

"그럴까보냐,라고 했겠지."

"대답 못했어. 망설이고 있으니까 옆에서 누가 자기는 하겠다고 그랬거든. 그러니까 면접관이 당신은 눈이 문제래. 알고 보니 진짜 관상쟁이를 데려왔더라고. 아무튼 눈 지적받은 그 사람은 이게 실은 고친 거라면서 막 울고……"

서진이 면을 후루룩 입에 넣었다.

"대체 회사에서 뽑는다는 유능한 인재란 게 뭘까?"

라면을 먹고 난 뒤 우리는 나란히 앉아 시청률 1위를 달리던 드라마를 보았다. 씩씩하고 아름답지만 순진한 여자가 주인공인 수목드라마로, 재벌가에 데릴사위로 들어가려는 남자친구의 배신으로 인해 죽을 고비를 넘긴 뒤 복수의 화신으로 거듭난다는 내용이었다. 그녀는 복수를 위해 남자친구의 장인, 즉 회장과 재혼했고, 그렇게 다시 만난 두 사람은 애초에 그들 세상이 아니었던 상류사회에서 건곤일척의 대결을 벌였다.

그날 밤 본 것은 최종회였다. 화면에서는 옛 연인이 주인공 앞에 무릎을 꿇고 용서를 빌고 있었다. 승부는 났다. 그는 모든 걸 잃었다. 가정도, 명예도, 돈도. 주인공은 팔짱을 낀 채 연민과 슬픔과 성취와 허무가 달콤쌉싸름한 칵테일처럼 뒤섞인 표정으로 그의 정수리를 내려다보다가 차분히 입을 열었다. 그럼, 좋은 밤 되세요, 김이사, 혼자, 영원히.

서진이 탄성을 내뱉었다.

"아, 너무 좋아. 복수가 저래야지."

"그렇게 말하니까 무섭다."

"그러니까 나한테 복수당할 일 만들지 마."

"복수는 허망한 거야."

"하지만 불행하지는 않을걸."

그녀의 말에 담긴 묘한 쓸쓸함이 나를 조금 놀라게 했다. 서진이 계속 말했다.

"물론 행복이 뭔지는 모르지만."

나는 고개를 끄덕였다. 문득 우리가 무척 오랫동안, 그러니까 서로를 알기 전부터 쭉 이 작은 방에서 같이 지내

왔던 것 같은 느낌이 들었다.

　회사로 찾아온 감사팀 직원은 두명이었다. 둘 다 남자로, 체구가 비슷했고 회색 양복에 검은색 모직 코트를 걸치고 있었다. 내가 회의실로 들어갔을 때 그들은 이미 자리를 잡고 앉아 있었고, 내가 들어오는 걸 보면서도 자리에서 일어서지 않았다.

　의자에 앉자마자 나는 뭔가 잘못됐다는 걸 깨달았다. 테이블 위에 작은 삼각대가 놓여 있고, 거기에 스마트폰이 거치되어 있었는데, 렌즈가 내 자리를 향하고 있었던 것이다. 이야기를 시작하자 의구심은 더 깊어졌다. 그들은 회사 감사팀처럼 보이지 않았다. 더 정확히 말해, 자기네 회사 직원이 친 사고 때문에 거래처를 찾아온 사람들처럼 보이지 않았다. 그들은 나에 대해 이미 많은 걸 알고 있다는 분위기를 은근슬쩍 내비치면서 집요할 정도로 그날 내가 밥솥머리의 담당자와 주고받았던 대화를 토씨 하나까지 따져가며 몇번씩 물었고, 나는 똑같은 얘기를 거듭 되풀이해야 했다.

　그들이 컵라면 성분표 이야기를 또 묻자 나는 참을 만

큼 참았다고 생각했다.

"저기요."

내가 말했다.

"혹시 이거 심문입니까?"

내가 보는 방향에서 왼쪽에 앉아 내 진술을 노트에 받아적던 남자가 고개를 들었다. 광대뼈가 도드라지고 냉정한 눈매를 가진 사람이었다.

"반드시 그런 건 아닙니다."

"반드시 그런 건 아니다."

나는 눈썹을 치켜올렸다.

"그럼 저건 오디션용인가요? 노래라도 부를까요?"

광대뼈 남자가 오른쪽에 앉은 남자를 보았다. 길고 가는 손가락에 금반지를 꼈고, 역시 속을 알 수 없는 눈빛을 하고 있었다. 금반지 남자가 어깨를 으쓱하더니 입을 열었다.

"만약을 위해서죠."

"무슨 만약이요?"

"거짓 진술을 할 경우를 대비하는 겁니다."

회의실이 조용해졌다. 나는 벽에 난 구멍에 찰흙을 꾹

꾹 눌러 채우듯 목소리에 힘을 주며 입을 열었다.

"당신들 정말 감사팀에서 나온 거 맞아요?"

그들이 서로를 마주 보았다. 오른쪽 남자가 손가락으로 테이블을 톡톡 두드렸다. 왼쪽 남자가 내 쪽으로 허리를 숙인 다음 볼펜을 쥔 채로 두 손을 맞잡았다.

"우리가 누군지가 뭐가 그렇게 중요합니까. 맞선 보는 것도 아닌데."

왼쪽 남자가 말했다.

"중요한 건 당신과 얘기를 하고 난 다음에 그 빌어먹을 새끼가 같이 일하던 사람들 뒤통수를 딱! 하고 후려갈겼다는 겁니다. 아시겠어요? 다른 누구도 아닌 당신과 얘기를 하고 난 다음에요. 녹화가 불만입니까? 그럼 입사할 때 동의한 각서에 따지세요. 비밀유지 각서. 거기 따지라고. 거기 잘 보면 당신이 지금 이 문제에 대해 이의를 제기할 권리가 없다는 사실이 나와 있을 테니까. 지금 이게 싫으면 애초에 싸인할 때 잘 읽고 생각을 했어야지. 애도 아니고 뭐가 이렇게 말이 많아?"

왼쪽 남자가 볼펜을 테이블에 내팽개쳤다. 생각보다 소리가 컸다. 잠시 뒤 오른쪽 남자가 헛기침을 하고는 왼쪽 남자의 말을 이어받았다.

"다시 묻겠습니다. 컵라면에 대해 그 친구가 뭐라고 했습니까?"

마침내 회의실을 나왔을 때 나는 구멍 난 깃발처럼 너덜너덜해져 있었다. 팀장은 자리에 없었다. 사무실로 돌아온 나는 사람들의 시선을 무시한 채 책상에 앉아 하던 일로 돌아갔다. 이럴 때일수록 평소처럼 행동해야 한다. 업무에 집중해야 한다.

십여분 뒤 팀장이 복도에 나타나 내게 손을 까닥거렸다. 나는 모니터에 띄워놓은 지뢰찾기 게임 창을 닫고 자리에서 일어났다.

"그 사람들 정체가 뭡니까? 정말 회사원 맞아요?"

옥상에서 내가 물었다. 팀장이 담배에 불을 붙였다.

"지금은 모르는 게 나아. 그대로 있어."

"그런 게 어디 있어요."

"지금 설득하는 거 아냐. 통보하는 거야."

나는 대꾸하지 않았다. 팀장이 계속 말했다.

"그 사람들 화가 잔뜩 났더라. 어젯밤에 그 담당자 아저씨를 거의 잡을 뻔했는데, 하필이면 바로 그때 정전이 되는 바람에 놓쳤나봐. 말 그대로 어둠속으로 숨어든 거지. 이렇게 가다가는 경찰에 알릴 수밖에 없는 상황이 되니까 자기한테 신경질을 부리는 거고."

팀장이 담배를 껐다.

"연차 남은 거 있지? 오늘부터 주말까지 쉬어. 휴대폰 끄고. 여기 일 신경 쓰지 마."

"싫습니다."

내가 말했다.

"자리를 비우면 잘못을 인정하는 것 같다고요."

"자기 말이 맞아. 잘못한 건 없지. 하지만 지금은 잠깐 물러서야 할 때야. 자기가 없어야 내가 상황을 수습하는 데도 편하고."

나는 대답하지 않았다. 팀장이 나를 보았다.

"면접 때 내가 자기 합격시키자고 엄청 우겼어. 알고 있었어?"

"소문으로요."

"왜 그랬을 것 같아?"

"일 잘하게 생겨서요?"

팀장이 쓴웃음을 지었다. 나도 웃었다.

"그때 스펙 좋은 지원자들이 꽤 있었어. 내가 알기로 그중에 한명은 지금 스타트업 차려서 꽤 잘나가고 있고. 뭐 그건 중요한 게 아니고……"

팀장이 두번째 담배에 불을 붙였다.

"나는 이상함을 이해하는 사람이 좋아."

팀장이 연기를 내뿜고 말을 이었다.

"왜냐하면 세상은 이상하거든. 내 생각은 그래. 그리고 그걸 이해하는 사람은 별로 없어. 사실 그건 이해의 문제가 아닐지도 몰라. 감각의 문제지. 합리적인 개인이 집단을 이루어서 야만적인 행위를 하는 것과, 누군가 앞날을 내다보는 것과, 폐가에 귀신이 출현하는 것 중 어느 게 더 이상할까? 셋 다 똑같이 이상해. 어느 쪽이건 1 더하기 1을 했을 때 답이 2는 아니니까.

데이터는 어떨까? 그 엄청난 데이터 세트를 가져와서 분석한 다음 예쁘게 시각화하면 뭐든 알아맞힐 수 있을까? 모든 게 예측대로 돌아갈까? 광고야 그렇게 하지. 하지만 안 그래. 세상은 이상하니까. 그걸 이해하는 사람이 있어야 돼. 인생에도 알고리즘처럼 블랙박스가 있고, 이상한 게 때로는 정상이라는 걸 실감하는 사람이. 일이야 가르치면 돼. 하지만 감각은 가르칠 수 없어. 미래를 보는 할아버지를 둔 사람이 갖게 된 감각은 교육이나 연수로 얻을 수 있는 게 아니지."

"제가 거짓말을 했던 걸 수도 있는데요."

내가 말했다.

"상관없었어. 면접 때 그런 뻥을 즉석에서 설득력있게 칠 수 있을 정도면 충분히 이상한 인간일 테니까."

"팀장님은요? 팀장님도 이상한 일을 겪은 적이 있나요?"

"겪고 있잖아, 정전. 이런 정전이 정말 평범한 거라고 생각해?"

팀장이 빙긋 웃었다. 말을 슬쩍 돌렸다는 느낌이 들었지만 굳이 캐묻지는 않았다. 그런 걸 따질 자리는 아니었으니까.

팀장이 다시 연기를 뿜었다.

"그냥 멍하니 빈둥거리다 오라는 게 아니야. 다음주부터는 이 일을 수습하느라 바빠지니까 각오를 하고 있으라는 거지. 그전에 내가 작업을 좀 해두겠다는 소리고. 아직 자기가 모르는 게 있어. 그 프로젝트가 어떤 맥락에서 기획되었고, 누가 개입되어 있으며, 따라서 어떻게 대처해야 하는 건지. 알아듣겠어?"

"아뇨."

"그럴 줄 알았어."

"하지만 엄청 수상하게 들리네요."

"이미 오래전부터 그랬어."

"불법만 아니면 좋겠는데요."

팀장이 빙긋 웃었다.

"잘 쉬고 와. 이제부터는 진짜 고객지원을 해야 하니까."

회사를 나오면서 서진에게 전화를 했다. 받지 않았다.
방으로 가겠다고 문자를 보내려다 그만뒀다. 로비의 회전
문을 빠져나오는데 찬바람이 불었다.

거리는 조용했다.

평소보다 인적이 드문 것도 아니고, 운전자들이 특별히
예의바르게 핸들을 돌리거나 브레이크를 밟는 것도 아니
며, 화장품 가게 앞에서 사은품 바구니를 들고 홍보중인
아르바이트생이 유달리 점잖게 포인트 적립을 권하는 것
도 아니었다. 모든 것이 평소처럼 돌아갔다. 다만 알 수 없
는 적막이 곳곳에 낙엽처럼 쌓여 있을 뿐이었다.

전동차 사건 이후로는 더.

아무도 그 사건을 공개적으로 언급하지 않았다. 라디오 디제이가 심야방송에서 '그날 밤의 그 기묘한 일'에 대한 생각을 말했다가 징계를 받고 방송에서 하차했다는 뜬소문이 한동안 돌았다. 그렇다고 사람들이 불이익을 받을까봐 입을 다물고 있는 건 아니었다. 그보다는 두려움 때문이었을 거라고 지금은 생각한다. 그 일을 입에 올려서 그걸 실제 일어난 사건으로 받아들일 경우 돌아갈 수 없는 다리를 건너게 될지도 모른다는 두려움. 정전은 여전히 불규칙하게, 돌발적으로, 하지만 꾸준히 이어지고 있었다. 정전의 원인에 대한 조사결과를 발표할 예정이던 기자회견이 불확실한 이유로 취소되었다.

지하철역 입구에서 서글서글한 눈매의 중년 여성이 다가와 내 손에 유인물을 쥐어줬다. 나는 계단을 내려가면서 유인물을 훑어보았다. 세상에 어둠이 닥치고 있고, 종말이 가까워졌으니 더 늦기 전에 교회를 찾아 회개하라는 내용이었다.

지하철을 타고 가는 동안 나는 팀장의 말을 곱씹었다. 그녀의 진심을 의심하지는 않았지만 꺼림칙한 기분이 가시지도 않았다. 이유야 어쨌건 결국 그 일에 책임을 지고 자리를 비우는 모양새가 되어버렸다.

정전이 일어나지 않았다면, 그래서 담당자를 붙잡았다면 상황이 달라질 수 있었겠지만.

내가 하는 일이 이상하다고 생각해본 적은 한번도 없었다. 이상한 건 늘 내 바깥에 있었다. 앞날을 내다보는 할아버지, 그림자를 잃어버린, 아니 처음에는 잃어버렸지만 나중에는 내쫓아버린 연인, 어둠속으로 사라진 남자. 점처럼 떨어진 사건들이 선으로 연결되어 나를 둘러싸고 있었지만 그 선이 무슨 형태를 이루고 있는지는 알 수 없었다.

객차 형광등이 깜박였다. 승객들이 불안한 표정으로 고개를 들었다. 누가 내 팔을 톡톡 건드렸다. 고개를 돌리자 목 전체에 문신을 한 덩치 큰 젊은 남자가 내가 별생각 없이 들고 있던 유인물을 가리키며 말했다.

"안 보실 거면 제가 좀 봐도 돼요, 그거?"

서진의 방은 비어 있었다. 나는 코트를 벗어 옷걸이에 걸어놓고 화장실로 들어가 손을 씻은 뒤 매트리스에 누웠다. 천장 벽지 무늬는 장미꽃이었다.

"왜 이렇게 일찍 왔어?"

나는 깜짝 놀라 몸을 일으켰다. 주위를 둘러보았지만 방에는 아무도……

있었다. 서진이 창문에 기대 선 채 나를 내려다보고 있었다. 실내복으로 쓰는 체육복 바지와 헐렁한 긴팔 셔츠 차림이었다.

"언제 들어왔어?"

내가 고개를 흔들며 말했다. 깜박 잠들었나보다.

"들어온 적 없어."

서진이 말했다.

"계속 여기 있었어."

나는 서진을 바라보았다. 그녀가 보이지 않았다. 눈을 깜박였다. 다시 보았다. 웅덩이에 희미하게 떠 있는 기름 띠처럼, 고개를 조금만 돌리고 빛이 조금만 줄어들어도 금세 사라지고 말 것처럼. 그녀의 등 뒤를 통과한 오후의 빛이 컴퓨터 모니터와 책상 모서리에 젖은 종이처럼 달라붙어 있었다.

누군가는 어둠속으로 사라지고, 또 누군가는 빛속으로 사라진다. 나는 매트리스에서 일어나 그녀에게 다가갔다.

"네가 안 보여."

"나는 보여. 아주 잘."

"네 그림자를 찾겠어."

"어떻게?"

"몰라. 이제부터 생각할 거야. 아무튼 찾아서 데려올 거야."

"하지만 난 지금이 행복해. 내가 행복한 게 싫어?"

"아니. 내가 불행한 게 싫어."

내가 말했다.

"네가 보이지 않아서 내가 불행해. 네 행복이 어떤 건지는 모르겠지만, 그 행복에 내가 없는 건 내가 받아들일 수 없어. 나 오늘부터 휴가야. 내가 업무 때문에 만났던 사람이 정전을 틈타서 도망갔거든…… 아니, 잠깐만, 내 얘기 안 끝났어."

나는 손을 들어 그녀를 제지한 다음 계속 말했다.

"그게 네 탓이라는 게 아냐. 그런 생각 한 적 없어. 솔직히 네 탓이건 아니건 그런 건 아무 상관 없어. 정전 때문에 세상이 망하고 내가 실업자가 되는 건 괜찮아. 하지만 네가 내 눈앞에서 사라지는 건 싫어."

"그럼 난 불행해져."

"내가 없는 것보다 더?"

서진은 대답하지 않았다. 나를 바라보는 그녀의 얼굴은 더없이 온화했다. 언제 세웠는지도 알 수 없는 오래된 석탑처럼, 달력 속 만년설 사진처럼, 사막에 버려진 자동차처럼 평화로웠다.

나는 기다렸다. 대답은 없었다. 나는 몸을 돌려 방을 나갔다. 복도를 걸어 계단을 내려가는 동안에도 뒤를 돌아보지 않았다. 아무도 나를 부르지 않았고, 내 팔을 붙잡지 않았다.

말은 그렇게 했지만 이내 막막해졌다. 그림자를 찾는다는 건 어떤 행위에 속하는가? 사냥? 채집? 수색? 설사 어찌어찌해서 찾는다 한들 그다음에는 어쩔 것인가? 손을 꼭 붙들고 집으로 가는 버스를 타야 하나?

인터넷을 검색해서 정전이 일어난 위치를 날짜와 시간별로 정리한 뒤 지도에 표시해 출력했다. 해당 장소에 갈 수 있는 교통편을 검색하며 동선을 짰다.

다음 날 아침 일찍 일어나 정전이 일어난 장소를 찾아다니기 시작했다. 정체불명의 소리가 들렸다는 산을 올라갔다. 나무 사이를 누비던 청설모가 맹한 표정으로 눈을 깜박이며 나를 맞았다. 냄새 때문에 온 가족이 대피했다는 주택가를 돌아보았다. 회전목마가 설치된 백화점 옥상 벤치에 앉았고 헬스클럽 주변을 서성였으며 쇼핑몰 엘리베이터를 몇번씩 타고 내렸다. 서진이 면접을 본 회사를 찾아가봤고, 그녀가 강연자를 목격한 서점까지 걸어갔다. 강연자가 책을 낸 출판사에 전화를 걸어 연락처를 문의했다. 직원은 의심스러운 목소리로 누구냐고 묻더니 회사 정책상 저자의 연락처는 알려줄 수 없다고 했다. 혹시나 싶어 책날개를 살펴보다 저자의 이메일 주소를 발견했다. 나는 '이런 말을 하면 미쳤다고 생각하시겠지만'이라고 운을 뗀 뒤 내 여자친구가 당신의 강연을 듣고 나서 다소 특수한 상황에 처하게 된 것 같은데 혹시 그에 관해 이야기를 좀 나눌 수 있는지 묻는 메일을 보냈다.

겨울은 해가 짧다. 점심도 거르고 돌아다녔지만 다섯시가 되기도 전에 날이 저물어갔다. 싸늘한 공기가 귀를 깨물었다.

어느 공원에서 파마머리에 패딩을 입은 젊은 남자가 앰프 위에 앉아 기타를 치며 노래를 하고 있었다. 앞에 빈 돈

통이 놓여 있었다. 그 공원은 가장 최근에 정전이 일어난 곳이었다. 나는 맞은편에 앉아 남자의 노래를 들었고, 그가 노래를 마치자 매일 여기서 공연을 하느냐고 물었다. 그는 비나 눈만 오지 않으면 매일 나온다고 말했다.

"날씨가 꽤 추운데요."

"제 주머니보다는 따뜻해요."

"저기, 제가 미쳤다고 생각하지 마시고요……"

"그런 소리 말고 그냥 물어보면 안 미쳤다고 생각할게요."

"여기 그저께 정전 있었죠? 그날도 여기서 공연하셨나요?"

"그랬을걸요?"

"혹시 그날 뭔가 보지 못했나요?"

"뭘요?"

나는 용기를 냈다. 일이 잘못돼봤자 정신 나간 놈 취급 잠깐 받으면 그만이다.

"주인 없이 혼자 돌아다니는 그림자요."

파마머리가 낙관적인 미소를 지었다. 그러고는 손으로 내 발밑을 가리킨 뒤 다시 기타를 치며 노래를 불렀다. 나는 돈통에 지폐를 넣고 그 자리를 떴다.

나는 해가 저물어가는 서울의 거리를 막연한 괴로움과 풀 길 없는 답답함을 끌어안고 걸었다. 수많은 사람들이 내 곁을 지나갔고, 나는 그들이 끌고 다니는 그림자를 바라보았다. 세상에 그림자가 그렇게 많이 있다는 사실을 처음 깨달은 기분으로 바닥에 길게 늘어진 검고 어두운 형체를 하나하나 유심히 살펴보았다. 그중에 주인 없는 그림자는 없었다. 그림자들은 골목을 빙빙 돌고 꺾이고 오르고 내려가는 계단을 지나갔다. 펼쳐지고 맴돌고 흐르다 창문을 타고 문을 넘어 안으로 들어가 누군가의 삶과 더불어 모습을 감췄다.

휴대폰이 진동하면서 메일 수신 아이콘이 액정에 떴다. 저자에게서 온 답장이었다. 나는 메일을 열어 읽었다. 저자는 당신이 누군지는 모르겠지만 뭘 원하는지는 안다고 했다. 하지만 자기는 이미 안 그래도 충분히 곤란한 꼴을 당했고, 이젠 지긋지긋하며, 그 무서운 일에 또 말려들고 싶지는 않다고, 한번만 더 자기에게 접근하면 이유 불문하고 경찰에 신고하겠다고 했다.

9

"아무리 그래도 저렇게 싫은 티를 내면 안 될 텐데."

어머니의 말에 아버지가 고개를 끄덕였다.

우리는 큰아버지 내외와 같은 테이블에 앉아 있었다. 결혼식은 별 다섯개짜리 호텔에서 진행되었고, 메인메뉴로는 랍스터와 티본스테이크 중 하나를 고를 수 있었다. 나는 티본스테이크를 골랐다. 사회자가 신랑 부모를 소개하자 고모와 고모부가 일어나서 하객들에게 인사했다. 식장 입구에서 축하인사를 받고 있을 때부터 두분 다 표정이 냉랭했는데 이제는 바깥 기온과 거의 차이가 없는 듯했다.

반면 신랑신부는 즐겁고 씩씩해 보였다. 고종사촌형은 이를 드러내며 웃었고, 신부의 눈동자는 결의로 반짝였다.

"뭐가 그렇게 마음에 안 든대?"

"모르지, 나야."

랍스터를 시킨 걸 후회하고 있던 아버지가 말했다.

"죽어도 싫으면 눈에 흙이 들어가도 안 된다고 하든가."

그때 큰아버지가 대화에 끼어들었다.

"그랬다가 또 죽으러 나갈까봐 겁났나보지. 그게 한번이면 몰라……"

아버지가 큰아버지를 제지했다.

"좋은 날 그런 얘기를 왜 꺼내요."

"뭐 어때. 옛날 일인데."

"형님, 아직 주례 안 끝났어요. 목소리 좀 낮춰요."

"참 그런데 그게 그래요."

큰아버지 옆에서 맥주 두병을 깔끔히 비운 큰어머니도 가세했다.

"지나고 나니까 아버님 생전에 하셨던 말씀들이 다, 좀 그렇게 되는 게 신기하기도 해. 우리 집도 그렇고."

"우리 집 얘기가 갑자기 왜 나와."

큰아버지가 눈을 부릅떴다.

"하면 어때요, 지난 일인데. 아까는 지난 일이라며."

"당신 이걸 다 마신 거야? 밖에서 술을 이렇게 많이 마셔?"

때마침 팡파르가 울렸다. 모두 단상으로 고개를 돌렸다. 사회자가 식비 다음으로 돈을 많이 들인 순서라며 진짜 뮤지컬 배우들의 공연을 즐겁게 감상하시길 바란다고 말했다. 곧이어 연미복을 입은 남녀 여러명이 나와 탭댄스를 추며 노래를 불렀다.

사람들이 박수를 치는 동안 나는 코트 주머니에 있는 휴대폰을 만지작거렸다. 그날 이후 휴대폰은 잠잠했다. 나도 연락할 생각이 없었다. 보고 싶었지만, 전화하고 싶지 않았다.

밤늦게까지 거리를 헤맸지만 그림자는 찾지 못했다. 당연했다. 애초에 내 힘으로 어떻게 해볼 수 있는 문제가 아니었다는 것쯤은 알고 있었다. 다만 무엇이라도 하지 않으면 안 되겠다는 마음 때문에 움직였을 뿐이었다.

화가 났다.

만나지 말았어야 할 사람이었다.

그 공기업에 가지 말았어야 했다. 다른 사람보고 가라고 했어야 했다. 나 말고는 갈 사람이 아무도 없었지만 그래야 했다. 세상 물정에 통달한 척 거들먹거리는 과장 뒤에서 서류철을 들고 따라오던 인턴에게 내가 먼저 인사를 하지 말았어야 했다. 그 얼굴을 보는 순간 말을 걸고 싶어서 견딜 수 없었지만 그러지 말았어야 했다. 그 눈을 보지 말았어야 했고, 그 목소리를 듣지 말았어야 했다.

그 예언을 듣지 말았어야 했다. 귀를 막았어야 했다. 듣지 않을 방법이 없었지만 듣지 말았어야 했다.

나는 서진을 잃게 될 것이다. 그녀는 유리처럼 투명해져서, 지극한 행복에 빠져든 채, 또는 완전한 무관심에 홀린 채 사라질 것이다. 내 눈에도 보이지 않게 될 것이다. 그녀가 무엇을 하든 사람들은 모를 것이다. 아무것도 하지 않아도 모를 것이다. 살아가도 죽어가도 모를 것이다. 사람의 손길이 닿지 않는 숲속에서 나뭇잎이 떨어질 때 그 소리를 아무도 듣지 못하듯. 주인을 잃은 그림자만이 알 수 없는 방법으로 전력망에 침투하고 회로를 어지럽히고 변압기를 망가뜨리며 영원히 떠돌 것이다.

용기를 잃지 마라. 도망치면 안 돼.

잃을 용기도, 도망치고 싶은 곳도 없었다.

식이 끝난 뒤 한복으로 갈아입은 고종사촌형과 형수가

우리 테이블에 인사를 하러 왔다. 형수의 뺨에는 분홍빛이 감돌았다. 사촌형은 아들보다는 딸이 좋고, 신혼여행은 몰디브로 떠날 예정이라며 웃었다. 워싱턴에 있는 경제연구소에 근무하고 있는데, 아마추어 야구팀에서 5번 타자를 맡고 있다고 했다. 오랜만에 만나서인지 많이 변한 듯 보였다. 큰 키에 피부는 가무잡잡했으며, 악수에는 건강한 힘이 들어가 있었다.

"너도 장가가야지? 사귀는 사람 있냐?"

"있는데 오늘 안 왔다. 일 때문에 바쁘대."

어머니가 대신 대답했다.

나는 사촌형에게 경제연구소에서는 뭘 하는지 물었다.

"선형회귀분석. 내 전공이 그거라서. 듣기에는 멋져 보이는데 일단 연구소가 작은 데야. 내가 어릴 때 사고 친 게 좀 있잖냐. 그래서 아주 '하이'한 곳에는 못 들어가요. 그래도 거기서 이 사람 만난 거니까 따지고 보면 행운이지."

고모부 내외의 얼굴이 흐렸던 이유가 어렴풋이 짐작이 갔다.

"너무 솔직한 거 아니에요?"

나는 웃으며 말했다. 사촌형도 웃었다.

"받아들인 거지. 방법이 없으니까. 그걸 인정하는 데 오래 걸리긴 했는데, 일단 인정하고 나니까 개운해지더라고."

사촌형 부부가 다른 테이블을 돌며 인사하는 동안 큰아버지 내외와 아버지, 어머니는 폐백실로 갔다. 나는 사촌형의 뒷모습을 물끄러미 바라보았다. 의식하고 보지 않으면 다리를 전다는 사실을 거의 알아차릴 수 없었다.

어머니가 간만에 집에서 저녁이나 같이 먹자고 권했다. 우리는 아버지 차를 타고 집으로 향했다. 아버지가 술을 드셨기 때문에 내가 운전대를 잡았다. 차는 연식이 있었지만 평소에 관리가 잘된 듯 부드럽게 앞으로 나갔고 소음도 적었다.

"근데요."

내가 백미러를 보며 말했다.

"아까 큰아버지가 형이 또 자살할지 몰라서 결혼을 허락받은 거라고 했잖아요. 그게 무슨 얘기예요?"

"아, 그거. 별거 아니다. 아니, 그때는 별거였는데 이제는 별거 아니게 된 거지."

아버지가 설명했다. 알고 보니 그때 미국에서 일어난

교통사고에 숨겨진 사연이 더 있었더랬다. 사촌형이 만취했던 것도 맞고, 친구 차를 훔쳐 탄 것도 맞는데, 그게 일부러 죽으려고 한 짓인 거였다. 차를 몰고 호수로 곧장 떨어질 생각으로 안전벨트도 단단히 맨 모양이었다. 그래야 물에 빠졌을 때 빠져나오지 못할 테니까. 그 정도로 준비를 제대로 하고 출발했는데 트럭과 충돌했고, 결과적으로는 그 사고가 고종사촌형의 목숨을 살린 셈이 되었다. 트럭과 안전벨트 중 어느 쪽의 공로가 더 큰지에 대해서는 논의의 여지가 있어도.

"몰랐어요."

내가 말했다.

"우리도 몰랐다. 나중에 들었지. 밖에다 대놓고 할 얘긴 아니니까."

"큰집도 그렇잖아요. 그 과수원."

어머니가 말했다.

"과수원은 또 왜요?"

이번에는 어머니가 설명했다. 과수원에 불이 났을 당시, 사실은 큰아버지가 보증을 잘못 서는 바람에 당장 갚아야 할 빚이 꽤 있었던 모양이었다. 만약 화재가 나지 않았더라면 과수원 자체를 팔아넘겨야 할 상황이었다. 보험사는 마른 멸치에서 눈동자를 떼어내는 것만큼이나 꼼꼼하게 조사를 했지만 결국 보험금을 지급했고, 그 덕에 지금껏 매년 가을마다 큰아버지네 집에서 보낸 큼지막한 감이 도착한다는 것이었다.

"그것도 몰랐어요."

내가 말했다.

"지나고 보면 매번 그렇다니까. 그것도 생각해보면 참 이상하긴 해. 아무튼 나는 네가 누구랑 결혼한다고 해도 싫은 티 절대 안 낼 거다. 약속."

어머니가 말했다.

"남들이 그러는 거 제삼자의 눈으로 보니까 참 그러네."

나는 그림자가 없고 누구에게도 보이지 않는 사람이라도 괜찮겠느냐고 물어보려다 그만뒀다. 대화는 여전히 계속되는 정전 사태로 옮겨갔다. 둘째 큰아버지의 공장이 정전 때문에 손해가 막심한 모양이었다. 아직은 버틸 만하지만 계속 이런 식으로 가면 어찌될지 알 수 없다고, 대체 그렇게 조사를 하면서 원인도 아직까지 모르는 게 말이나 되느냐면서 정부를 한참 욕하더라고 했다.

저녁을 먹고 나서 아버지가 바람이나 쐬자며 나를 데리고 밖으로 나갔다. 공기는 쌀쌀했지만 밤하늘은 맑았다. 거의 다 찬 달이 하얗게 떠 있었다.

"회사는 다닐 만하고?"

"네."

아버지와 나는 잠시 입을 다문 채 그대로 서 있었다. 어른이 된다는 건 부모와 어색해진다는 뜻이다. 정도의 차이만 있을 뿐이다. 성장하는 동안 제아무리 친밀하고 원만한 관계를 맺었다 해도 언젠가는 그럴 때가 온다. 부모의 삶과 당신들의 기준이 세상의 수많은 기준 중 하나라는 걸 깨닫게 되면 무대 뒤에서 분장을 지우고 있는 배우를 보는 것 같은 기분이 든다. 해도 좋은 얘기와 그렇지 않은 얘기를 민감하면서도 정확히 구분하게 된다.

"너 중학교 때 우리 집에 도둑 들었던 거 기억하지? 빌라 살 때."

아버지가 전자담배를 입에 물면서 말했다.

"네."

"그 일 때문에 어머니가 불안해서 못 견디겠다고 해서

이사했고."

"네."

"그 집 나중에 폭발했다."

그때 내가 입에 담배를 물고 있었다면 분명 떨어뜨렸을 것이다. 나는 멍하니 아버지를 바라보았다. 아버지가 계속 말했다.

"위층 사람들, 네가 기억할지 모르겠다. 우리 집하고도 왕래가 좀 있었는데. 그 집에서 부부싸움을 하다가 남편이 가스관 끊고 불을 붙였거든. 그대로 터졌어. 바닥이 꺼져서 아래층에서 자던 사람이 깔렸고. 우리 다음에 들어온 사람이. 중상을 입었다는데 죽었는지 살았는지는 모르겠다. 텔레비전에도 나왔는데 너 그때 기숙학원 있어서 몰랐을 거다. 몰랐지?"

"네."

"그 뉴스 보면서 별생각이 다 들더라. 우리가 계속 저기 있었으면 어떻게 됐을까,부터 시작해서…… 뭐 이런저런 생각들."

아버지가 말을 이었다.

"너도 알겠지만 네 할아버지가 좀…… **특별한** 데가 있으셨잖냐. 낮에도 얘기했다시피 이게 어디 밖에다 내놓고 말하고 다니기는 좀 그런 일이긴 하다만. 집안 어른들도 이걸 어떻게 생각해야 하는지 고민스럽기도 했고. 그래도 어쩐지 나는 아버지가 우리 식구들을 사랑해서 그러셨을 것 같다는 쪽으로 자꾸 생각이 들긴 한다. 가신 분 속을 내가 어찌 알겠냐만."

"그러셨을 거예요."

"그렇겠지? 하지만 그렇다 해도…… 나는 늘 다행이라고 생각하는 게, 너한테 뭘 특별히 말씀하신 게 없다는 거. 그건 참 천운이라고 생각한다. 어쨌든 불행은 불행이고, 아버지가 짚으셨던 게 사소한 불행도 아니니까."

"저는 그런 것보다는 그 담배가 자꾸 신경 쓰이는데요."

내가 말했다.

"전자담배도 담배예요. 그냥 시원하게 금연하시죠?"

"너 장가간다고 하면 생각해볼 거다. 여자친구 언제 소개시켜줄 거냐?"

"봐서요."

내가 말했다.

"차 좀 몰고 나갔다 와도 돼요?"

"이 시간에?"

"바람 좀 쐬고 오려고요."

엘리베이터를 타고 지하2층 주차장으로 내려갔다. 운전석에 앉은 뒤 안전벨트를 매고 시동을 걸었다. 엔진이 부드럽게 떨렸다.

차에서 서진에게 전화를 걸었다. 방법을 생각해보자는 말을 하고 싶었다. 네 행복을 유지할 수 있고 그림자도 찾을 수 있는 방법이. 그게 뭔지는 알 수 없지만, 그래도 머리를 맞대고 같이 궁리해보자는 말을 하고 싶었다. 할아버지의 예언에 대해서 이야기하고 싶었다. 너를 잃고 싶지 않다는 말을 하고 싶었다. 너를 잃음으로써 무슨 큰일을 막을 수 있든 간에 그런 건 필요 없다고, 아직 네 모습을 볼 수 있을 때 서둘러야 한다고 말하고 싶었다.

서진은 전화를 받지 않았다. 삐 소리가 나면서 음성메시지를 녹음해달라는 안내음성이 나왔다. 나는 지금 어디에 있든 연락 달라고, 내가 데리러 가겠다고 말한 뒤 전화를 끊었다.

기어를 옮기고 저속으로 차를 몰았다. 주차장 오르막길

을 통해 위층으로 올라간 다음 코너를 돌았다. 멀리서 회색 SUV가 주차할 자리를 찾아 천천히 움직이는 게 보였다.

주차장의 전원이 완전히 나간 건 그때였다.

사방이 암막커튼을 친 것처럼 깜깜해졌다. 핸들과 의자만 남기고 모든 게 다 사라진 것 같았다. 허둥거리면서 차내등과 전조등을 켰는데 어딘가에서 불길한 소리가 들렸다. 고속절단기로 돌을 자르는 것 같은 소리였다. 그게 맞은편 SUV의 엔진에서 나는 굉음이라는 걸 깨달았을 때는 번쩍이는 전조등이 사냥감을 덮치는 짐승처럼 운전석 앞까지 들이닥친 뒤였다.

내가 기억하는 건 거기까지였다.

10

다들 천운이라고 입을 모았다.

충돌 직전 정신을 차린 SUV 운전자가 죽을힘을 다해 핸들을 꺾은 덕이었다. SUV는 아버지 차의 운전석 차문을 들이받은 뒤 튕겨나가듯 방향을 바꿔 주차장 기둥을 들이받고 나서야 멈췄다. 비틀거리며 에어백에서 빠져나온 SUV 운전자가 경찰과 구급차를 불렀다. 운전자는 현장에 도착한 경찰에게 정전과 급발진 때문에 일어난 사고라고 주장했다. 갑작스레 닥친 현기증 때문에 머리가 어질어질한 사이, 감겼던 태엽이 풀리기라도 한 것처럼 자동차의 속도가 손쓸 틈 없이 오르더라는 것이었다. 경찰은 조사를 위해 블랙박스를 수거해 갔다.

나중에 듣기로는 그랬다.

부상은 크지 않았다. 역시 다들 천운이라고 했다. 왼쪽 쇄골이 골절되었고 갈비뼈 두대가 나갔지만 치명적이지는 않았다. 의사는 굳이 수술이 필요할 것 같지는 않다고, 젊기 때문에 뼈도 빨리 붙을 거라고 했다.

나중에 듣기로는 그랬다.

내가 깨어난 뒤에.

사고 후 72시간 동안 의식이 돌아오지 않았다고 한다. 맥박도 호흡도 뇌파도 정상이었지만 가만히 누운 채 미동도 않았다고. 모르는 사람이 본다면 곤히 잠들었다고 생각했을 것이다.

눈을 뜨자 병원 천장이 보였다. 몸을 일으켰을 때 물에서 뭍으로 발을 디디는 것처럼 팔다리가 무지근했던 것이 기억난다. 밤중에 병실을 돌던 간호사가 침대에 걸터앉아 있던 나를 발견했다. 그로부터 약 한시간 뒤, 나는 병원 복도 의자에 앉아 있었고, 연락을 받고 달려온 부모님이 내게 화급히 다가오는 모습을 보았다.

오른쪽 눈만으로.

왼쪽 눈은 겉보기에 멀쩡했다. 파편이나 다른 이물질이 들어갔는지, 시신경이 손상되었는지 꼼꼼하게 검사를 받았지만 의심스러운 결과는 나오지 않았다.

그러나 오른쪽 눈을 감으면 세상이 캄캄해졌다.

의사는 심리적인 문제일 수 있다고 했다. 사고의 충격 때
문일 가능성도 있으니 안정을 취하면서 경과를 보자고 했
는데, 본인 생각에도 설명이 미진한지 내게 말하는 동안
황새처럼 고개를 갸웃거렸다.

퇴원 전날은 6인실에서 지냈다. 위암 수술을 받으러 떠
났다가 돌아오지 않은 전직 공무원의 병상이 내 차지가
되었다. 텔레비전은 한대뿐이었고, 나는 병실 입원환자
중 제일 어렸다. 채널 선택권과 시청 순서가 나이와 질병
에 따라 나머지 다섯명에게 골고루 배분된 뒤라, 나는 드
라마 재방송과 종편 뉴스와 토크쇼가 계주선수처럼 척척
이어지는 광경을 한쪽 눈으로 바라보는 것밖에는 달리 할
게 없었다.

8시 뉴스에 정전 소식이 나왔다. 조사위원회 위원장이
기자회견장에 나와 조사결과를 발표했다. 위원장은 전력
공급을 관리하고 통제하는 설비의 내부 전산망에 사용된
알고리즘에 심각한 오류가 있었고, 그것이 이번 정전 사
태의 원인으로 추정된다고 밝혔다. 그는 기술자들이 그

문제를 발견하여 수정했으며, 지난 72시간 동안 주의 깊게 상황을 관찰하였으나 더이상 정전 신고가 들어오지 않는 것으로 보아 이번 사태는 고비를 넘긴 것으로 판단된다고 했다. 해킹이나 싸이버테러의 가능성을 묻는 질문에는 현재까지의 조사로는 그런 시도를 의심할 만한 사실이 드러나지 않았다면서, 다만 이제 더는 지금까지와 같은 돌발적인 정전이 일어날 일은 없으리라 확신한다고 했다.

"지가 그걸 어찌 알아서 확신까지 하고 자빠져 있냐."

밤마다 기관지가 튀어나올 듯 기침을 하는 60대 남자 환자가 말했다. 다른 환자들도 한마디씩 보탰다. 발표 결과를 믿기 어렵다는 쪽으로 병실의 여론이 모였다. 위원장의 확신에 동의하는 사람은 나 혼자뿐인 듯했다. 나는 말을 아낀 채 조용히 앉아 매점에서 사온 땅콩을 까먹었다.

퇴원하던 날에는 아버지가 왔다. 아버지가 내 가방을 받겠다고 손을 내밀었고, 나도 아버지 쪽으로 가방을 뻗었는데, 원근이 맞지 않는 바람에 서로의 손이 엇나가면서 가방이 바닥에 떨어졌다.

"드릴 말씀이 있어요."

택시에서 내려 집으로 들어가기 전, 나는 아버지에게

할아버지가 오래전 내게 예언을 했던 적이 있다고 했다. 구체적인 내용까지 말하지는 않았지만 아버지는 내가 하고 싶은 말이 무엇인지 이해했다. 내 왼쪽 눈의 시력은 아마도 회복되지 않을 것이고, 더이상의 검사나 치료가 무의미하다는 것을.

"그랬단 말이지."

피로와 걱정이 뒤섞인 표정으로 내 말을 듣던 아버지가 입을 열었다.

"그렇다면 그건 아마 앞으로 닥쳤을지 모를 더 큰 일을 피했다는 뜻일 거다. 내 생각은 그렇다. 그러니까……"

아버지가 길에서 주운 돈을 주머니에 감추듯 '눈'이라는 단어를 마음속의 괄호에 집어넣고 말을 이었다.

"좀 쉬고 나면 괜찮아질 거다."

나는 나도 그렇게 생각한다고 대답했다.

"너 잠들어 있는 동안 몇명 찾아왔었다."

"말씀하셨잖아요. 회사 사람들 왔었다고."

"또 있지. 네 친구. 젊은 아가씨. 자기 왔다 간 거 말하지 말아달라고 해서 지금까지 가만히 있었지."

"근데 왜 말씀하세요?"

"그거야 그쪽 사정이니까."

내가 웃었다. 아버지도 웃었다.

"금연해볼까 싶다."

아버지가 말했다.

팀장에게 전화를 해 퇴원을 했고, 병문안에 감사하며, 곧 출근하겠다고 했다.

"서두를 거 없어. 좀더 쉬어."

"그러다 제 책상 치우실까봐요."

"내가 말했지. 난 내 애들 끝까지 데리고 간다고."

"그런 얘기 처음 듣는데요."

나는 밥솥머리의 담당자가 어떻게 되었는지 물었다. 팀장은 그의 행방은 여전히 오리무중이라면서 현재 프로젝트는 무기한 연기된 상태라고 했다.

"정말 꼭꼭 잘 숨었거나, 죽었거나, 둘 중 하나 같아. 하지만 난 죽은 것 같지는 않네."

내 생각도 그랬다.

한쪽 눈만으로 계단을 오르는 건 여전히 익숙지 않았다. 지느러미의 움직임을 끊임없이 의식하며 헤엄치는 물고기가 된 기분이었다. 한발짝씩 걸음을 옮길 때마다 거리와 간격을 계속 가늠해야 했다.

하지만 이 건물에는 엘리베이터가 없다. 지을 때부터 그랬단다.

3층 복도 끝에서 두번째 문 앞에 선 다음 조용히 노크를 했다. 잠시 기다린 다음 문을 열고 안으로 들어갔다.

햇살이 젖빛 유리를 통과해 작은 방 안에 퍼져 있었다. 컴퓨터 앞에서 무릎을 세운 채 펜을 입에 물고 앉아 있던 서진이 고개를 돌려 내 얼굴을 보았다.

나는 내게 고정된 흑갈색 눈동자와, 그녀의 얼굴 위에 다시 돌아온 음영을 가만히 바라보았다. 햇빛을 피해 턱 밑과 귀 뒤로 숨어든 어둠을 유심히 관찰했다.

그녀의 발아래 그림자가 물웅덩이처럼 고여 있었다. 어딘지 모르게 조금 옅고 나약해 보였다. 어미 뱃속에서 방금 나와 눈도 못 뜨고 있는 강아지처럼.

"몸은 좀 어때?"

서진이 말했다.

"괜찮아."

"일자리 알아보던 중이야. 계속 이렇게 앉아만 있어서

는 안 될 것 같아서."

서진이 의자를 빙글 돌렸다.

"열심히 해야지."

나는 고개를 끄덕였다. 우리 두 사람의 시선, 세개의 눈
동자에서 나오는 시선이 몇걸음 안되는 공간 사이에서 노
끈처럼 얽혔다.

서진이 자리에서 일어나 내게 다가왔다. 이제 더이상
편평하지도, 바람 앞의 연기처럼 언제 사라질지 알 수 없
을 것 같은 모습도 아니었다. 그녀가 내 손을 잡으며 나를
부드럽게 끌어당겼다. 나는 서진의 어깨에 내 머리를 얹
고 그녀의 허리를 가볍게 끌어안았다. 그녀가 내 머리를
쓰다듬었다.

"나 때문인 거지."

서진이 말했다.

"아냐."

내가 말했다.

"전혀."

우리는 잠시 그렇게 서 있다가 매트리스 위에 누워 서
로를 꼭 끌어안았다. 시간이 서로의 심장박동을 따라 불

규칙적으로 흘렀고, 공간은 몸을 꼭 붙이지 않으면 머무를 수 없을 정도로 좁아졌다.

한참 뒤 서진이 이불을 두르고 자리에서 일어나 차를 끓였다. 우리는 매트리스에 나란히 앉았다. 나는 할아버지에 대해, 할아버지가 갖고 있던 예언 능력에 대해, 사촌형이 들었던 예언과 그에게 일어난 일에 대해, 마지막으로 내가 들었던 예언에 대해 간단히 이야기했다.

"할아버지의 말씀은 두가지였던 것 같아."

내가 말했다.

"하나는 일어날 일, 다른 하나는 해야 할 일. 일어날 일은 어쩔 수 없어. 막을 방법이 없지. 따라서 해야 할 일을 해야 해. 그래야 일어난 일로 인해 생긴 결과를 감당할 수 있으니까. 사촌형도 그랬어. 방법이 없다는 걸 알고 받아들였지. 나도 그래야 해. 잃어버린 건 잃어버린 거야. 그렇다면 용기를 가지고, 도망치지 말아야 하는 거지."

나는 잠시 생각한 다음 덧붙였다.

"짐작일 뿐이야."

우리는 차를 마셨다. 서진이 입을 열었다.

"아무튼 나는 만나서는 안 되는 사람이라는 거지."

"정확히 말하면 만날 수밖에 없었던 만나서는 안 되는 사람이지."

"말장난하지 마."

"여전히 내가 없어도 행복해?"

서진은 대답하지 않았다. 나는 계속 말했다.

"내가 하고 싶은 말은, 너 때문에 내가 한쪽 눈을 잃은 게 아니라는 거야. 그건 내 미래였어. 그걸 혼동하고 싶지 않아. 그렇게 보자면, 오히려 내가 너한테 미안해야 돼. 내가 너에게 반하는 바람에 네가 '만나서는 안 되는 사람'이 되어버렸으니까. 넌 절대 그런 사람이 아닌데도. 하지만 이제부터는 아니야. 예언이 실현되었으니까. 끝났으니까. 이제부터는 너와 나의 미래야."

나는 차를 한모금 마셨다. 서진이 내 얼굴을 유심히 뜯어보았다.

"병원에서 그렇게 복잡한 생각을 했어?"

"혼수상태에 빠졌다가 나오니까 똑똑해진 것 같아."

"그렇게 잘 따지다간 늙어서 꼬장꼬장해진다."

"보고 싶었다고 말 안해줄 거야?"

내가 말했다.

"네가 먼저 해."

서진이 말했다.

사람들은 예언과 종말을 혼동하곤 한다. 예언이 실현되면 모든 게 끝나는 것이라 생각한다. 마치 옛날이야기의 마지막 줄처럼. 하지만 목숨이 다하지 않는 이상 예언이 이뤄지고 나서도 삶은 이어진다. 실은 예언이 이뤄지기 전에도 마찬가지다. 예언이라는 확고부동한 점이 있다고 삶이 분명해지지는 않는다. 그 점의 앞뒤에, 위아래에 다른 점을 찍는 건 우리 자신이다.

그러나 그게 전부는 아니다. 우리는 이제 서로가 처음과는 다른 방식으로 묶였다는 걸 알고 있다. 그녀는 어둠과 자신의 그림자를 맞바꿨고, 나는 내 눈과 그녀의 그림자를 맞바꿨다. 그런 식으로 각자의 불완전함을 껴안고 살게 되었다는 걸 알았다. 다시 말해, 이제부터 진짜 관계를 시작하게 되었다는 걸 알았다. 어떤 것도 미리 정해지지 않은 관계를.

서진의 첫 출근 날, 조금 일찍 일어나 그녀의 새 직장까지 같이 갔다.

서진은 자기를 떨어뜨린 제작부장이 퇴사 후 새로 차린 소규모 제작사에 입사했다. 부장의 아들은 고비를 넘겼다. 나는 더 번듯한 회사에 동시에 합격한 상황에서 서진이 굳이 거기를 택한 이유를 알 수 없었지만, 서진은 자기 생각에는 그게 옳은 일 같다고 했다.

　나는 서진이 간판도 없는 사무실로 씩씩하게 들어가는 모습을 본 뒤 지하철역으로 돌아갔다. 걷는 도중 누군가 내 오른쪽 어깨에 가볍게 부딪친 것 같은 느낌이 들었다. 눈길을 돌렸지만 거기에는 아무도 없었다. 다만 검은 종이 위의 하얀 점처럼, 붐비는 아침 거리에 어울리지 않는 작고 텅 빈 공간이 있을 뿐이었다. 하지만 이내 버스에서 쏟아져나온 출근 인파가 내 앞으로 몰려왔고, 잠시 생겨났던 그 공간은 엔진과 경적과 버스 자동문의 압축 실린더가 움직이는 소리 속에서 물로 씻은 듯 사라졌다.

작가의 말

이 소설은 『문학3』의 문학웹(www.munhak3.com)에 2017년 1월부터 3월까지 연재했던 원고를 수정하고 보완한 것이다. 이야기의 흐름을 정돈했고 모호하게 방치되어 있던 부분을 분명히 표현하고자 노력했다.

여기 등장하는 인물, 단체, 사건은 모두 상상이다. 몇몇 대목(이를테면 인물의 직업)의 묘사와 서술은 창작의 자유를 다소 남용했다. 작업을 하면서 참고한 자료들이 있지만 실수나 오류는 작가의 불찰이다.

「작가의 말」이 소설 속에서 못 다 한 말을 하는 자리라면, 여기서 꼭 해야 하는 건 감사의 인사 말고는 없을 것이다. 연재 기회를 제공한 『문학3』과 훌륭한 추천사를 보내준 최정화 소설가에게 감사드린다. 꼼꼼한 편집자 박주용과

멋진 사진을 찍어준 신나라 작가, 세련된 표지를 만들어
준 장상호 디자이너에게도 감사드린다. 무엇보다, 소설을
연재하는 동안, 그리고 연재가 끝난 뒤에도 댓글란에 감
상을 남겨주신 독자들께 진심으로 고개 숙여 인사드린다.

2018년 9월

최민우

점선의 영역

초판 1쇄 발행 • 2018년 10월 12일

지은이 / 최민우
펴낸이 / 강일우
책임편집 / 박주용
조판 / 박아경
펴낸곳 / (주)창비
등록 / 1986년 8월 5일 제85호
주소 / 10881 경기도 파주시 회동길 184
전화 / 031-955-3333
팩시밀리 / 영업 031-955-3399 · 편집 031-955-3400
홈페이지 / www.changbi.com
전자우편 / lit@changbi.com

ⓒ 최민우 2018
ISBN 978-89-364-3433-5 03810